AF346192

LA RÉSISTANTE D'ISSY

VIRGINIE PRÉVOST

LA RÉSISTANTE D'ISSY

Roman

Imprimé à la demande
Dépôt légal : septembre 2022
ISBN ebook : 978-2-9584358-0-6
ISBN broché : 978-2-9584358-1-3

Couverture, Mise en page et Co-Autoédition :
autoediterunlivre.com avec Emilie Varrier

*À la mémoire de ma grand-mère Henriette
et de mon arrière-grand-mère Marie-Louise
ainsi que de toutes ces femmes de l'ombre
qui ont contribué à sauver des vies.*

LES PERSONNAGES

LA FAMILLE

ഓൽ

Henriette Avisse (née Pierre) : mère de famille de Jeannine, Monique et Denise, femme de Marius.

Marius Avisse : mari d'Henriette et père de Jeannine, Monique et Denise.

Marie-Louise Avisse : belle-mère d'Henriette Avisse et mère de Marius.

Jeannine Lassez (née Avisse) : fille aînée d'Henriette et Marius

Monique Avisse : cadette d'Henriette et Marius

Denise Avisse : benjamine d'Henriette et Marius

Pierre Lassez : mari de Jeannine

Catherine, Claude et Pierre Lassez : enfants de Jeannine et Pierre

Oncle Louis et tante Suzanne Pierre : frère aîné d'Henriette et sa femme.

Christiane et Pascaline : filles de Suzanne et Louis

Oncle Maurice et tante Macha Pierre : frère cadet d'Henriette
Dimitri : fils de Maurice et Macha

LES PERSONNAGES SECONDAIRES

෪

François Segal : fils de Rachel et David Segal
Rachel Segal : mère de François
David Segal : père de François
Adélaïde : amie de Marie-Louise
Amélie Warzawski : voisine d'immeuble de la famille Avisse, journaliste et résistante juive.
Nathan Warzawski : mari d'Amélie et père de Flore
Flore Warzawski : fille d'Amélie et Nathan
Francine : restauratrice dans le Vercors, logeuse et employeuse provisoire d'Amélie, soutien de la Résistance
Jean Langlois : fils de Blanche Langlois, résistant dans le Vercors
Blanche Langlois : mère de Jean, gardienne d'immeuble et soutien de la Résistance.
Angèle Duval : boulangère, agent de liaison pour le réseau de Résistance « Golberg »

Madame Leblanc : ancienne cuisinière, amie de Marie-Louise

Professeur Dumont : chef du service neurologique de l'hôpital Cochin, résistant

Gabriel : neveu du professeur Dumont, interne à l'Hôpital Cochin et résistant

Lilly : amie de classe de Monique, réfugiée à Brissac

Eleanor : fille des châtelains de Brissac, amie de Monique

Mathis : fils des châtelains de Brissac

Olof Ziegler : seul vétérinaire de Brissac

Germaine : concierge de l'immeuble des Avisse

CHAPITRE 1

Une rencontre surprenante

ℰℭ

Un calme habituel régnait sur Issy-les-Moulineaux, en ce début de décembre 1941. La neige tombait à gros flocons lorsqu'Henriette remonta la côte qui la menait chez elle.

La nuit était tombée depuis fort longtemps et le couvre-feu n'autorisait plus personne à sortir à partir de 18 heures. Quelques exceptions pouvaient circuler avec un Ausweis, sans aucune complication. Le phare avant de son vélo éclairait la rue Minard qui grimpait tant. Seul le mouvement des roues provoquait un léger grincement qui raisonnait dans le silence de la nuit.

La neige commençait à recouvrir uniformément les rues et les trottoirs, elle freina et décida de finir à pied.

Les cloches sonnèrent 23 heures lorsqu'elle arriva à hauteur de l'église Saint-Étienne.

— Quel froid ! s'exclama-t-elle. Mon Dieu, quels sont ces pleurs à une heure pareille ?

Elle s'approcha du parvis et vit, posé à terre, un panier en osier recouvert d'une couverture en laine bleue.

De minuscules mains s'agitaient. Son sang ne fit qu'un tour lorsqu'elle vit ce nourrisson tout rougi par le froid. Elle hésita quelques secondes et le prit dans ses bras en veillant à ne pas être vue.

Qui a osé laisser un bébé par ce froid ? Pauvre chou, si petit et déjà abandonné.

Henriette se pencha sur lui et le serra plus fort afin de le réchauffer. Elle l'enveloppa dans son manteau. Sentant sa chaleur, il s'arrêta de pleurer. Elle lui parla tout doucement en le rassurant :

— Ne t'inquiète pas mon petit, je ne te veux aucun mal. Je vais te ramener bien au chaud à la maison, nous aviserons demain.

Elle s'empressa de rentrer chez elle en tenant le panier d'une main et son vélo de l'autre.

En arrivant devant son immeuble, au 10 rue de l'Abbé Grégoire, elle eut le sentiment d'être observée et vérifia que personne ne l'avait suivie. Elle laissa son vélo sous l'escalier du hall et monta rapidement les marches. Dès qu'elle mit la clé dans la porte, une femme d'un certain âge, petite, corpulente, les pommettes saillantes, des yeux bleu azur, l'accueillit l'air étonné.

Elle se prénommait Marie-Louise, c'était la belle-mère d'Henriette. Elle était venue vivre chez eux depuis le décès de son mari et l'aidait à élever les enfants.

Marie-Louise était une femme d'âge mûr, sûre d'elle, qui n'avait jamais peur de rien et toujours prête à aller de l'avant.

Sur le coup, elle ne comprit pas ce que sa belle-fille tenait dans les bras.

— Alors, ma fille, que t'arrive-t-il ? Je commençais à m'inquiéter ! Que m'amènes-tu là ? Mon Dieu, un bébé !

Henriette lui relata sa rencontre avec le nourrisson.

— De toute manière, demain matin, nous irons porter l'enfant, auprès de monsieur le curé. C'est plus prudent. Ce petit n'est pas à nous et si ses parents l'ont amené aux portes de notre église, c'est qu'ils ont leur raison.

— Tu as bien fait de le ramener, on ne peut pas faire autrement que de le garder, mais juste pour cette nuit. Pauvre malheureux, comment peut-on laisser un enfant par ce froid ?

Elles s'empressèrent de le déshabiller pour le changer.

— Il est bien potelé et ne porte pas de signes de maltraitance. Regarde, Marie-Louise, ses layettes sont de bonne qualité. Je vais lui donner un peu de lait chaud. Heureusement qu'il me reste un biberon de Denise !

Il portait une brassière en laine ainsi qu'un bloomer en gros coton. Des chaussons tricotés venaient compléter son habillement avec un burnous bleu ciel et un bonnet de laine assorti à de petites moufles.

— Ainsi vêtu, on peut affirmer que ses parents ne semblent pas dans le besoin et qu'ils s'en occupaient bien.

— Regarde Henriette, il porte une gourmette à son poignet, gravée au nom de François. Sa date de naissance indique le 4 septembre 1941.

L'enfant leur sourit. Il avait compris, aussi petit soit-il, qu'on ne lui voulait aucun mal et que ces deux femmes étaient la tendresse incarnée.

— Henriette, je pense qu'il faut vivre quelque chose de terrible pour abandonner son enfant. Ne jugeons pas sa famille avant de connaître son histoire.

L'interpellée s'empressa d'aller faire un biberon de lait chaud. Sitôt rassasié, l'enfant s'endormit.

Lorsque Marie-Louise voulut coucher François, elle s'aperçut qu'un papier dépassait de sa couverture. Elle le déplia et put lire ceci :

Bonjour,
Nous sommes les parents de François qui a tout juste trois mois. C'est notre premier né et sa venue au monde a été la plus belle chose qui nous soit arrivée. Il est en bonne santé et nous le confions à l'église, car notre religion nous met trop en danger par les temps qui courent.

Nous vous supplions de ne pas l'apporter à l'Assistance publique. Le savoir entre les mains de Dieu nous semblait plus intelligent et moins risqué pour lui. Vous trouverez au fond de son panier quelques bijoux qui vous permettront de le nourrir et l'habiller jusqu'à notre retour. Le

Une bourse en tissu était glissée sous la couverture de l'enfant. Lorsque les deux femmes décidèrent de regarder ce qu'elle contenait, quel ne fut pas leur étonnement de voir des bijoux qui semblaient de grande valeur.

— Dépêchons-nous de nous en séparer, il nous faut les cacher au plus vite. On a très bien pu me suivre et alerter la police, il ne faut pas qu'on les trouve chez nous. Je vais descendre les enterrer dans notre jardinet. Après tout, nous avons un carré de terre qui nous appartient. C'est le moyen le plus sûr pour nous de mettre tout cela à l'abri.

— Pas d'affolement, Marie-Louise, nous sommes en pleine nuit et personne ne risque de nous voir !

Lorsqu'Henriette remonta, elle prit soin de bien vérifier qu'on ne l'ait pas suivie. Mieux valait n'éveiller aucun soupçon sur leurs activités nocturnes. Demain serait un autre jour.

Elles comprirent cette nuit-là que cet enfant était juif et que ses parents se cachaient quelque part, par crainte d'être arrêtés par la Gestapo.

Henriette réfléchit et se questionna longtemps sur l'histoire familiale de ce nouveau venu dans leur vie. *D'où venait-il et* quelles professions exerçaient *ses parents ?*

Autant de questions sans réponse.

Ils avaient forcément leurs raisons.

Comment allons-nous faire pour les retrouver ? Peut-être faudrait-il quand même alerter monsieur le curé... Deux ans que la guerre avait commencé, ils ont dû se cacher.

Par quel miracle ont-ils échappé à un contrôle, une rafle ou une quelconque dénonciation ?

Henriette prit l'enfant avec elle pour la nuit, car elle ne voulait pas réveiller ses filles qui dormaient dans la pièce d'à côté. Elle l'écouta respirer longuement. Cette nuit-là, l'enfant ne pleura pas et s'endormit comme un bienheureux dans la chaleur de cette chambre, entouré de ces deux femmes qui allaient changer, à tout jamais, le cours de son existence.

Ce serait tellement plus simple de le garder, après tout une bouche de plus à nourrir n'allait pas changer grand-chose.

Restait à convaincre sa belle-mère, ce qui ne semblait pas une mince affaire. Elle s'endormit presque au lever du soleil et fut rapidement réveillée par la cloche de l'église qui sonnait 7 heures.

Henriette alla préparer le petit déjeuner de Denise. Elle fit chauffer le poêle pour la journée à l'aide de papier journal et de quelques morceaux de planches de bois récupérées dans sa cave.

Du lait pour les trois enfants commençait à monter en température ainsi que de l'eau pour la chicorée des deux femmes. Le café était une denrée rare ! Puis Henriette mit les quelques tranches de pain qu'il restait à griller dans son four. La saccharine, qui se substituait au sucre, venait compléter ce premier repas de la journée.

François se mit à pleurer, ce qui réveilla toute la famille. La première levée fut Monique qui, alertée par les cris du nouveau-né, arriva dans la chambre et, l'air étonnée, demanda :

— Que fait ce bébé chez nous ?

— Écoute, ma chérie. Hier soir, lorsque tu dormais, nous avons eu la visite d'une cousine éloignée qui est venue nous demander de garder son fils pour quelque temps.

— Ah bon, pourquoi ? Elle ne peut pas s'en occuper ?

— Sa nourrice est souffrante et sa maman doit aller travailler. Elle se retrouve donc seule, sans ressources. Son mari est parti à la guerre.

— Comment s'appelle-t-il ?

— Il se prénomme François, tu es assez grande pour comprendre qu'il faudra prendre bien soin de lui, car il est encore très petit.

— Qu'il est mignon ! Espérons que Denise ne soit pas trop jalouse ! s'exclama-t-elle.

Denise arriva sur les pas de sa sœur et regarda le nourrisson, l'air perplexe. Henriette et Monique lui expliquèrent que ce petit cousin venait vivre chez eux pour quelque temps.

Ce nouveau venu dans la famille semblait réjouir Monique qui avait l'âme maternelle. Elle se sentit pousser des ailes, et fière d'être en quelque sorte sagrande sœur de cœur.

Huit heures sonnèrent à l'église. C'était le week-end et, sans aucune hésitation, d'un regard complice, Marie-Louise comprit qu'Henriette avait déjà pris sa décision.

N'écoutant que leur cœur, et d'un commun accord, elles décidèrent de ne pas rendre l'enfant et de le garder. C'était un risque, pour toute la famille, mais cela en valait la peine.

Marie-Louise semblait soucieuse de l'histoire qu'il leur restait à raconter à leur entourage.

— Pourvu que nous ayons l'air crédibles, il ne faut pas que nos voisins se doutent de quoi que ce soit. Tout repose sur nous et nous n'avons pas droit à la moindre erreur...

CHAPITRE 2

Henriette et ses filles

Henriette, cadette d'une famille de sept enfants, naquit en 1894. Issue de la classe moyenne, sa mère Apolline était couturière pour *La Belle Jardinière* (chaîne de grands magasins parisiens de confection) et son père Auguste était peintre en bâtiment. Elle avait quatre sœurs, mariées elles aussi, qui demeuraient en province. Henriette gardait des liens étroits avec elles, malgré l'éloignement. La fratrie comptait également deux frères qui vivaient proches de chez elle : *les* oncles Louis et Pierre. Henriette avait commencé sa vie professionnelle toute jeune comme « Petites bleues », appellation que l'on donnait aux jeunes filles qui recevaient une formation d'infirmière. Son poste lui permettait de faire vivre sa famille car son mari, parti à la guerre, avait été fait prisonnier en Allemagne.

Elle mit au monde trois filles.

Jeannine, l'aînée, 22 ans, vit le jour le 31 mars 1920, peu de temps après le mariage d'Henriette et

Marius. Elle était petite, fine et très jolie, un visage de porcelaine, des cheveux blonds coiffés au carré.

Ses grands yeux bleus illuminaient son visage encore poupin. Elle avait été une enfant dotée d'un fort caractère qui ressemblait à celui de son père.

Elle était pleine de vie, inventant des histoires de princes et de princesses qu'elle jouait en saynètes lors des fêtes familiales avec ses cousins.

Son certificat d'études en poche, elle commença à travailler dans une imprimerie où l'on éditait des journaux, et plus particulièrement *Le Petit Écho de la mode*.

Quelque temps plus tard, elle travailla comme vendeuse, dans une boutique spécialisée dans le prêt-à-porter.

Les années s'écoulèrent et Jeannine épousa un instituteur prénommé Pierre, dont elle avait fait la connaissance, lors d'un congrès des jeunesses socialistes.

Marius était un fervent militant et participait avec bon nombre de collègues à des réunions où il l'emmenait de temps à autre. Elle se souvint de sa première rencontre avec Pierre : elle s'était disputée avec son père ce jour-là, et avait décidé de ne pas se rendre à cet événement. Ce fut les yeux rougis, qu'elle le vit pour la première fois. Ce fut un véritable coup de foudre. Le père du jeune homme, lui aussi, militait et emmenait quelquefois son fils avec lui.

Les présentations faites, les deux jeunes gens se rapprochèrent pour discuter et de fil en aiguille, ils décidèrent de se revoir. Fraîchement diplômé de l'école Normale Supérieure de Paris, Pierre fit très bonne figure chez les Avisse et demanda rapidement la main de Jeannine. Quelques mois plus tard, ils convolèrent en justes noces et s'installèrent à Paris dans un petit logement rue de l'Abbé Groult.

Deux autres sœurs venaient compléter cette fratrie.

Monique, 13 ans, la cadette, née le 5 avril 1928, souriante, bavarde. On la surnommait « la pipelette de la famille. » Sensible, mais aussi curieuse d'esprit.

Elle était arrivée après la mort d'un petit frère, un an plus tôt.

Elle riait des pitreries que son père faisait. Elle eut la chance d'avoir des parents qui l'emmenaient partout, que ce soit au théâtre ou au restaurant.

Dix ans séparaient les deux sœurs. Malgré cela, elles s'entendaient bien et Jeannine prenait plaisir à l'emmener se promener avec Pierre.

Elle était devenue, depuis le départ de sa sœur aînée, la grande sœur protectrice qui s'occupait du mieux qu'elle le pouvait de Denise, 3 ans. La benjamine avait vu le jour le 9 mars 1938.

Henriette l'avait eu tardivement, à 44 ans, âge très avancé pour l'époque.

D'un caractère enjoué, elle était drôle, parlant fréquemment, cherchant toujours l'attention des plus grands. Elle faisait le bonheur de tous.

Des bruits de guerre couraient lorsqu'elle vint au monde et ses parents n'étaient plus aussi joyeux qu'ils eussent pu l'être.

Les deux sœurs couchaient toutes les deux dans une partie du salon qui avait été réaménagée en chambre. Marie-Louise dormait dans la seule vraie chambre avec sa belle-fille qui lui avait installé un lit supplémentaire peu de temps après le départ de Marius en Allemagne. Marie-Louise, la grand-mère, veillait sur les siens qui comptaient plus que tout pour elle. Femme au tempérament bien trempé, généreuse, solide, toujours prête à rendre service à ses proches. Elle était l'élément moteur de cette maisonnée et aidait beaucoup Henriette qui travaillait à l'hôpital et revenait souvent tard le soir. Elle effectuait de temps à autre quelques menus travaux de couture pour son entourage, ce qui aidait à compléter les revenus du foyer. Son mari, Léon, était décédé dix ans plus tôt de la tuberculose.

Elle avait travaillé pendant de nombreuses années comme nourrice pour une grande famille bourgeoise parisienne. Elle s'était occupée de trois enfants qu'elle avait vus grandir. Cela avait été pour elle une belle aventure.

Son unique fils, Marius, vit le jour quarante ans plus tôt. Son union avec Henriette avait semblé être la plus belle chose qui lui soit arrivée. Ce mariage d'amour avait pourtant commencé à prendre un tout autre tournant. En effet, un petit Jules avait vu le jour en 1927, un an avant la naissance de Monique. L'enfant mourut rapidement d'une occlusion intestinale. Marius ne s'en était jamais vraiment remis. Dévasté, il sombra progressivement dans l'alcool. Henriette retomba rapidement enceinte et mit au monde Monique le 5 avril 1928. Malgré la perte de son seul fils, Marius donna beaucoup d'affection à cette nouvelle venue. Le ménage resta néanmoins fragilisé par cet épisode douloureux.

CHAPITRE 3

Une rencontre inattendue

ຂອງ

Depuis l'occupation, la vie quotidienne en France était difficile. Le Gouvernement français avait instauré des cartes de rationnement avec lesquelles on pouvait acheter des aliments de base (pain, lait, légumes), mais également des articles de première nécessité comme les produits ménagers et certains vêtements.

Chaque Français était classé selon son âge et son activité professionnelle.

Ce matin-là, Marie-Louise se prépara après avoir fait sa toilette dans l'évier de la cuisine[1] et se mit en route afin d'aller chercher de quoi manger avec sa carte. Elle lui avait été délivrée par la mairie.

---

[1] La toilette était un vrai cérémonial. À l'époque, peu de famille bénéficiait d'une salle de bain, aussi les gens se lavaient dans l'évier de la cuisine et une fois par semaine allaient aux bains municipaux pour effectuer une grande toilette.

Il ne lui restait que peu de coupons dessus, mais il fallait bien ramener de la nourriture, au moins pour les petits. Surtout du lait pour François. Ce serait difficile, car chaque enfant avait droit à une quantité de lait bien précise.

Cela allait être long, aussi s'habilla-t-elle chaudement en ce début de décembre. Les files d'attente s'étiraient souvent devant les magasins peu ou pas approvisionnés. Elle enfila un manteau en laine qu'elle affectionnait tout particulièrement : elle avait économisé pour se l'acheter avant la guerre. Chapeautée, gantée et chaussée, elle sortit, son panier sous le bras.

Lorsqu'elle arriva en ville, elle aperçut des femmes qui, pour certaines, portaient leurs enfants, poussaient des landaus, ou attendaient seules dans le froid, espérant pouvoir ramener de quoi manger chez elles. Un vrai casse-tête pour les ménagères sous l'occupation.

Au bout de deux heures, Marie-Louise arriva enfin devant l'épicier qui délivrait toutes sortes de marchandises selon les tickets qu'on lui remettait.

Elle réussit à acheter des rutabagas et des topinambours ainsi qu'un peu de lait. Cela tenait du miracle, jamais elle n'avait autant rapporté pour sa famille.

Dès sa sortie de l'établissement, une femme très âgée l'aborda.

— Je vois que vous aussi n'êtes plus toute jeune, madame. Prenez le reste de mes tickets. Je pars vivre chez ma fille à la campagne. Elle cultive ses propres légumes.

Marie-Louise fut si surprise de cette délicate attention qu'elle ne sut quoi dire et resta presque sans voix face à cette inconnue. Elle eut quelques secondes de doute quant à sa bonne foi, mais voyant cette femme lui tendre avec insistance ses tickets, elle comprit qu'il ne s'agissait pas d'une plaisanterie.

— Mille mercis, madame. Le ciel vous le rendra ! Comment faire pour vous remercier ? Donnez-moi votre adresse ! Si un jour je peux vous rendre service... Ma belle-fille est infirmière et pourrait vous soigner si vous en aviez besoin.

— C'est très aimable, mais vu mon grand âge, je ne pense pas revenir. Je compte rester définitivement chez ma fille.

Quel bonheur de rencontrer des gens ayant encore un tant soit peu d'humanité ! Je vais en profiterpour aller chez le boulanger, voir s'il peut me donner du pain.

Le commerçant lui glissa discrètement deux petits pains supplémentaires. Il connaissait sa belle-fille de très longues dates. Henriette s'était rendue à plusieurs reprises chez eux pour faire des piqûres à sa femme qui souffrait du dos. Elle n'avait jamais rien demandé en retour et rendait des services chaque fois qu'elle le pouvait.

Sur les murs de la boulangerie, on pouvait lire une affiche publicitaire. « Économisez le pain, coupez-le en tranches minces et réutilisez toutes les croûtes pour les soupes ». Cette publicité reflétait bien l'esprit de cette occupation et la privation permanente de denrées essentielles.

Ce début de guerre fut difficile pour ces femmes qui étaient confrontées à un avenir incertain et se battaient chaque jour pour survivre.

Marie-Louise venait de quitter la boulangerie lorsqu'en tournant au coin de la rue, elle entendit des pas se précipiter dans son dos.

Son cœur se mit à battre, elle ne put s'empêcher de se retourner et vit un homme arriver à sa hauteur. Il lui tendit une feuille pliée en deux.

— Vous avez dû perdre ce papier, chère madame ! Il faut faire attention par les temps qui courent !

Elle le regarda, étonnée, et lui balbutia un « Merci monsieur ! ».

Elle resta surprise et ne comprit pas ce que lui voulait cet individu. Elle était certaine que ce papier n'était pas à elle. Marie-Louise rangea cependant le document dans la poche de son manteau dès que l'homme se fut éloigné. Elle garda une impression étrange et s'empressa de rentrer chez elle.

— Henriette, il vient de m'arriver quelque chose d'incroyable. Tout d'abord, une femme m'a fait don de sa carte de rationnement. C'est à ne pas y croire, elle m'a expliqué partir vivre à la campagne chez sa fille… C'est un don du ciel ! Mais juste après, un homme grand, élancé, chapeauté et bien mis m'a remis une enveloppe qui aurait glissé de mon manteau. Je suis certaine de n'avoir rien perdu ! J'étais tellement ahurie que je n'ai pas su quoi répondre. À peine m'étais-je retournée qu'il avait disparu. J'avoue que pendant quelques secondes, je ne faisais pas trop la fière. On voit tellement de gens arrêtés en pleine rue pour n'importe quelle raison…

— Calmez-vous, Marie-Louise. Vous semblez toute retournée. Ouvrez donc cette enveloppe, c'est peut-être quelque chose d'important !

— C'est sûrement une erreur ou une mauvaise plaisanterie, répliqua Marie-Louise.

Henriette, de ses doigts délicats, décacheta l'enveloppe et y découvrit deux feuilles couvertes d'une écriture fine et appliquée dont elle lut le contenu à voix haute :

Madame,

Lorsque vous lirez ce courrier, je serai déjà loin de Paris. Le destin a voulu que ma femme et moi nous rencontrions il y a quatre ans de par nos professions. Notre fils, François est né il y a de cela trois mois. Nous avons eu la chance d'être cachés chez des amis, mais chaque jour, l'angoisse grandissait au vu des événements liés aux arrestations et déportations des Juifs. Tout nous laissait supposer que notre vie pouvait basculer du jour au lendemain. Aussi, lorsqu'en pleine journée, ma femme fut contrôlée et amenée à la kommandantur, ce fut un électrochoc. Je n'étais pas avec elle. C'est pourquoi j'ai dû faire quelques démarches afin de savoir pourquoi elle n'était pas rentrée.

Terrassé par la nouvelle, je devais me rendre à l'évidence, il fallait à tout prix cacher François. Je me retrouvais seul avec notre enfant, caché chez des amis qui risquaient à tout moment leur vie pour nous. Le danger était tel que je ne pouvais le garder.

Aussi, décidais-je de partir de chez eux et déposer mon fils devant cette église, à quelques kilomètres de notre maison. Je vous ai suivi sans que vous vous en aperceviez et me suis assuré qu'il serait au chaud pour le restant de la nuit.

J'écris cette lettre au petit matin, je ne suis pas encore sûr de pouvoir vous revoir et surtout vous reconnaître, car il faisait nuit. Le grincement des roues de votre vélo, si particulier, me permettra sans doute de vous reconnaître. J'attendrai, caché au pied de votre résidence, que vous sortiez.

Une vieille dame vous aura sans doute remis ses tickets de rationnement. Il s'agit de la grand-mère de François, qui m'accompagnera aujourd'hui pour vous transmettre ce courrier. Cela la rassure de pouvoir vous interpeller sans que vous sachiez qui elle est. C'est un geste qui lui semble important.

Elle pense avant tout à son petit-fils, notamment avec le rationnement du lait selon l'âge et le nombre d'enfants.

Soyez assurée de toute notre reconnaissance. Nous ne manquerons pas de vous rembourser les dépenses faites pour François, malgré ce que nous vous avons laissé dans son panier.

Nous partons nous cacher. Nous reviendrons le chercher dès que nous serons en sécurité.

Avec toute notre gratitude.
D.S.

Les mains d'Henriette tremblaient et les deux femmes s'assirent pour réfléchir.

— Notre intuition était bonne ! Maintenant, il n'y a plus de doute sur la situation de François, nous ne devons pas perdre notre sang-froid et continuer à faire comme si de rien n'était : rester aussi naturelles que possible.

— Oui, c'est le destin qui nous l'envoie, essayons de faire en sorte que tout se passe bien pour lui comme pour nous.

Le reste de la journée fut consacré aux enfants qui prenaient beaucoup de temps. Heureusement, Monique était en âge de comprendre les choses. Elle aidait au mieux du haut de ses 13 ans. C'était une fillette gentille, qui adorait sa mère et sa grand-mère. La naissance de cette petite sœur lui avait donné de l'assurance, elle participait activement à toutes les tâches, y compris les courses avec sa grand-mère.

Il faisait un froid sec dehors. Henriette et Marie-Louise, comme à l'accoutumée, se préparèrent pour sortir avec les trois enfants lorsqu'on frappa à la porte.

Monique s'empressa d'aller ouvrir.

— Bonjour madame Germaine !

— Bonjour, ma grande. Je viens voir ce qu'il se passe chez vous. Depuis ce matin, j'entends des pleurs de nourrisson.

Germaine était la concierge de l'immeuble. Une femme curieuse, mais toujours prête à rendre service.

Aussitôt, Marie-Louise et Henriette apparurent et la rassurèrent.

— Entrez et venez voir notre petit cousin, François. Regardez Germaine, il dort comme un ange, c'est le fils de ma cousine Florentine. Elle est en panne de nourrice.

La concierge ne dit rien et prit note de ce changement dans la famille Avisse.

Lorsque la porte se referma, les deux femmes se regardèrent et comprirent qu'elles ne seraient plus tranquilles tant que cette satanée guerre ne serait pas terminée.

CHAPITRE 4

En attendant Noël

ᔕᓕᘓ

Les semaines s'écoulèrent. Noël approcha et la vie devait continuer aussi normalement que possible. Aucun soupçon ne devait être éveillé auprès de l'entourage des deux femmes au sujet de la confession religieuse des parents de François. Ses origines juives ne leur permettaient pas le moindre écart. Les dénonciations, à cette époque, étaient fréquentes et le moindre comportement suspect pouvait leur être fatal. Denise et François étaient encore trop jeunes pour se rendre compte de la situation.

Les temps étaient durs : Henriette travaillait du lundi au vendredi à l'hôpital. Elle pratiquait des soins aux blessés et des piqûres aux malades. Ses journées étaient longues et son salaire, maigre. Elle pouvait cependant manger gratuitement au réfectoire de l'hôpital et bénéficier de soins si besoin.

Marie-Louise s'occupait des deux plus petits, ce qui l'épuisait, car elle approchait de ses 66 ans. Monique, quant à elle, allait à l'école communale « Place Voltaire ».

Quelques décorations composées de guirlandes et de boules de Noël ornaient certains magasins du quartier. Mais le cœur n'y était pour personne. Il fallait impérativement faire des économies pour tout.

Henriette, très douée de ses mains, avait gardé du tissu afin de confectionner des vêtements pour la poupée de Monique, commandée au père Noël. Chaque tissu usé était réutilisé.

Denise aussi aurait droit à une poupée en chiffon cousue par Henriette. Elle parlait très bien pour ses trois ans et amusait toute la famille. Sa naissance fut une surprise pour tous. Henriette l'avait eue à 44 ans, un âge avancé pour l'époque.

François, quant à lui, se fichait pas mal des festivités de fin d'année. Seul son estomac comptait.

Henriette habitait non loin de son frère Louis et de sa belle-sœur Suzanne, âgés tous deux de 49 ans. L'oncle Louis était clerc de notaire et tante Suzanne, vendeuse au « Bon Marché ». Christiane, 14 ans et Pascaline, 16 ans, étaient venues compléter cette famille. Elles étaient scolarisées dans un internat pour jeunes filles. Ils appartenaient à la classe sociale moyenne de cette époque.

Henriette avait aussi un frère cadet, prénommé Pierre, 45 ans, responsable d'un service à la manufacture de tabac spécialisée dans les cigarettes de luxe et le cigare. Cette situation lui permettait de vivre convenablement. Il était réformé de l'armée, car handicapé par un pied-bot. Il avait épousé en secondes noces une femme plus jeune que lui et issue de la noblesse russe, Macha, 35 ans. Ils avaient eu un fils, Dimitri, âgé de 10 ans. Macha assumait l'intendance de son appartement et essayait d'élever au mieux leur enfant.

Tout ce petit monde mis bout à bout composait une belle et grande famille qui se réunissait dès qu'elle le pouvait, notamment pour les grandes occasions (baptêmes, communions, anniversaires...). Noël laissait supposer que, sans doute, les deux femmes seraient invitées chez l'un des deux frères.

Comme chaque année depuis le début de la guerre, le sapin de Noël restait l'impossible achat à réaliser, compte tenu du budget qu'il nécessitait. Aussi, décidèrent-elles de sortir avec les enfants pour ramasser quelques branches du bouleau qui se trouvait non loin de chez elles. Henriette demanda à Monique de les peindre, ce qu'elle s'empressa de faire avec le peu de peinture qu'il leur restait. Elle les disposa dans un grand vase. Décorées de quelques guirlandes et boules, les branches donneraient un air de fête. Denise disposa la crèche : les animaux (bœuf, âne, mouton) positionnés sur de la paille et dela mousse, puis entourés par Marie et Joseph.

Tout cela, sous l'œil attentif de Marie-Louise.

Monique était ravie et impatiente à l'approche du 25 décembre. Son école avait acheté un sapin immense qui faisait la joie des petits et grands. Chacun des enfants avait eu droit de le décorer d'une guirlande ou d'une boule. Un parent d'élève, rattaché à la paroisse, s'était déguisé en père Noël pour l'occasion du goûter de fin d'année. Il avait ainsi remis aux enfants des mendiants fabriqués par les mains délicates des mamans soucieuses du bonheur de leurs chers petits.

Cet après-midi-là, une course en traîneau à roulettes fut organisée pour l'école élémentaire de la rue du Moulin-de-Pierre. Tous les enfants inscrits furent regroupés dans le hall de l'établissement afin de se voir remettre un brassard numéroté. Tout le monde prêt, le départ fut donné par monsieur Monnier, l'instituteur chargé de toute l'organisation. Les familles ayant pu se rendre disponibles étaient venues soutenir leur enfant, ce qui provoquait de nombreux cris et applaudissements dans la rue. Des élèves agitaient de petits drapeaux représentant le blason de leur école. Le vainqueur reçut une coupe et un prix, cela lui valut les honneurs de tous ses camarades. Ces petites parenthèses, en période de tourmentes, apportaient aux habitants, outre une animation locale, de la joie et le sentiment que la vie continuait.

La rue de l'Abbé Grégoire était à elle seule un village où chacun se connaissait, se respectait.

Tous, commerçants compris, se côtoyaient depuis des années. Chaque corporation était représentée, du boucher au charcutier « Cholet », en passant par la laitière, le quincaillier « Chez Dhez », le coiffeur, le boulanger. Les cafés, quant à eux, faisaient office de bureaux de tabac. La plupart des hommes qui n'étaient pas partis à la guerre y passaient le plus clair de leur temps en jouant aux cartes et buvant (jusqu'à plus soif, pour quelques-uns). Cette communauté vivait en bonne intelligence, les gens s'entraidaient et chacun savait garder le silence sur ce qui n'était pas tout à fait en accord avec les lois imposées par les Allemands. Henriette et Marie-Louise en étaient l'exemple même : elles risquaient leur vie et celle de leurs filles pour un nourrisson dont elles ne savaient rien, ou presque.

On sonna à la porte. Monique fut surprise et ravie d'ouvrir à ses deux oncles. Maurice n'arrivait pas les mains vides. Il avait apporté des biscuits, de la chicorée, un peu de saucisson et du beurre.

— Nous dirons, confia-t-il en faisant un clin d'œil à Henriette, que le père Noël est un peu en avance et que des marchandises sont tombées de sa hotte.

Henriette savait que son frère faisait du marché noir, mais par amour pour ses enfants, elle acceptait la générosité de son frère cadet.

— Bonjour mes tontons ! Quelle joie de vous voirtous les deux ! Comment vont mes cousins ?

— Tout le monde va bien. Tes cousines ont hâte de vous retrouver, toi et Denise. Dimitri est impatient d'être à Noël.

— Mais, intervint Maurice, je vois que vous êtes sur le point de sortir vous promener, couvre-toi, il fait froid !

— Nous, on n'a jamais froid ! plastronna Denise. On joue à chat avec Monique.

— Allons les filles, coupa Marie-Louise, en route pour une promenade au Parc !

Denise ne tenait plus en place et courait dans tous les sens.

— À plus tard, messieurs, au plaisir de vous revoir prochainement.

— Attendez, ne partez pas si vite ! J'étais venu vous inviter à partager notre repas de Noël, annonça Maurice.

Monique poussa un « Hourra ! » et prit les mains de sa petite sœur en la faisant tourner tout en chantant *Petit Papa Noël*. Elle aimait encore parfois être la petite Monique qui jouait à la poupée avec Denise.

Aussitôt les filles sorties avec Marie-Louise, Henriette apporta à ses deux frères un peu de chicorée pour les réchauffer. Elle leur raconta toute l'histoire de François, la vraie.

Ils furent inquiets pour Henriette et Marie-Louise, mais ne les jugèrent pas. Ils décidèrent de ne rien divulguer à leur épouse respective et de s'en tenir à l'histoire qu'avait inventée Henriette.

Pierre rappela à sa sœur que le marché noir lui avait permis d'acheter des mets plus raffinés qu'à l'accoutumée pour le 25 décembre. Henriette approuva son choix. Elle respectait les idées de son frère. Pourquoi ne pas profiter de quelques heures de bonheur en famille autour d'une bonne table ?

Maurice et Pierre repartirent l'esprit serein, malgré un contexte difficile. Ne restait plus à Henriette qu'à convaincre Jeannine, l'aînée des filles, qui elle-même travaillait et venait chaque dimanche voir sa mère et sa grand-mère avec son mari, Pierre. Le 24 décembre, Jeannine changea ses habitudes et invita sa mère, Marie-Louise et les enfants à venir passer l'après-midi autour d'un goûter. Le couvre-feu imposant de rentrer avant 18 heures.

Les deux petits firent une sieste rapide. Henriette les prépara et toute la famille s'affaira pour sortir.

Elles achetèrent des tickets, prirent le métro à Mairie-d 'Issy. Trois stations les séparaient du domicile de Jeannine.

Lorsqu'elles montèrent dans le wagon avec les enfants, deux Allemands vinrent s'asseoir à côté d'elles. Denise, trop jeune pour comprendre tout ce qui se passait en France, leur parla naturellement.

— Ma maman m'a dit de ne pas parler aux Allemands. Nous, on ne les aime pas !

Rouge de honte et d'inquiétude, Henriette s'empressa de prendre sa fille par la main et de l'éloigner d'eux en attendant que les portes s'ouvrent sur la station Convention.

Avaient-ils compris les paroles de la fillette ? Rien sur leur visage ne laissait paraître le moindre signe de colère.

Denise comprit qu'elle avait dit une bêtise et commença à pleurer. Henriette et Marie-Louise gardèrent leur sang-froid. La situation aurait pu tourner au drame, mais tout allait bien.

— Écoute, Denise. Les messieurs avec un képi et une tenue militaire sont des Allemands. Maintenant, tu le sauras. Le mieux pour toi est de ne pas leur adresser la parole. On ne sait jamais, l'un d'eux pourrait te gronder si tu disais des sottises.

Denise essuya ses larmes, elle avait compris la morale. Monique la rassura d'un sourire.

— Ne t'inquiète pas, petite sœur. Tu ne crains rien lorsque tu es avec nous. Maintenant, allons voir Jeannine et Pierre. Ils nous ont sûrement préparé dequoi faire un bon goûter.

L'appartement des jeunes mariés était petit, mais très lumineux.

C'était le logement de fonction de Pierre, situé juste à côté de l'école où il enseignait.

Le séjour donnait sur la rue Blomet et la chambre ainsi que la cuisine, sur une cour intérieure. Le salon était aménagé avec un canapé en tissu vert, quatre chaises et une table recouverte d'un napperon en dentelle sur lequel était posé un vase en cristal.

Une reproduction de Pierre-Auguste Renoir, *Le Déjeuner des canotiers*, était accrochée au-dessus d'un bahut de style Art déco. Les jeunes mariés l'avaient acheté juste après leur mariage. Jeannine aussi avait égayé la pièce de quelques guirlandes.

— Entrez, vous mettre au chaud, vous êtes gelées, mes pauvres ! Je vous ai fait du café. Pour les enfants, Pierre a rapporté de la fête de son école des biscuits vitaminés et des fruits secs. J'ai préparé un gâteau aux carottes qui vous ravira sûrement.

Pierre avait été réformé en raison d'un problème aux poumons survenu alors qu'il était plus jeune. Cela lui permit de garder son poste d'instituteur.

Tout le monde était joyeux et parla de la journée du lendemain qui s'annonçait sous de bons auspices. Personne n'évoqua la guerre cet après-midi-là. Ils se quittèrent vers 17 heures, impatients d'être à Noël.

En rentrant, on alluma le poste de radio que Marie-Louise avait offert après le décès du petit Jules. Toutes écoutèrent le message du général de Gaulle qui s'adressa aux enfants de France alors qu'après l'invasion de l'URSS par le Reich, en juin, puis l'entrée en guerre des États-Unis, au début du mois, celle-ci était bel et bien devenue mondiale.

— Quel bonheur, mes enfants, de vous parler, ce soir de Noël. Oh ! je sais que tout n'est pas gai aujourd'hui pour les enfants de France. Mais je veux cependant vous dire des choses de fierté, de gloire, d'espérance.

« Il y avait une fois la France. Les nations, vous savez, sont comme des dames plus ou moins belles, bonnes et braves. Eh bien, parmi mesdames les nations, aucune n'a jamais été plus belle, meilleure, ni plus brave que notre dame la France. Mais la France a une voisine brutale, rusée, jalouse : l'Allemagne. L'Allemagne, enivrée d'orgueil et de méchanceté, a voulu un beau jour réduire en servitude les nations qui l'entouraient. Au mois d'août 1914, elle s'est donc lancée à l'attaque.

« Mais la France a réussi à l'arrêter sur la Marne, puis à Verdun. D'autres grandes nations, l'Angleterre, l'Amérique, ont eu ainsi le temps d'arriver à la rescousse. Alors, l'Allemagne, dont cependant, le territoire n'était nulle part envahi, s'est écroulée tout à coup. Elle s'est rendue au maréchal Foch. Elle a demandé pardon. Elle a promis en pleurant qu'elle ne le ferait plus jamais. Il lui restait d'immenses armées intactes, mais il ne s'est pas trouvé un seul Allemand, pas un seul, pour tirer même un coup de fusil après la capitulation.

« Là-dessus, les nations victorieuses se sont séparées pour aller chacune à ses affaires. C'est ce qu'attendait l'Allemagne. Profitant de cette naïveté, elle s'est organisée pour de nouvelles invasions. Bientôt, elle s'est ruée de nouveau sur la France. Et, cette fois, elle a gagné la bataille.

« L'ennemi et ses amis prétendent que c'est bien fait pour notre nation d'avoir été battue. Mais la nation française, ce sont vos papas, vos mamans, vos frères, vos sœurs. Vous savez bien, vous, mes enfants, qu'ils ne sont pas coupables. Si notre armée fut battue, ce n'est pas du tout parce qu'elle manquait de courage ni de discipline. C'est parce qu'elle manquait d'avions et de chars. Or, à notre époque, tout se fait avec des machines, et les victoires ne peuvent se faire qu'avec les avions, les chars, les navires qui sont les machines de la guerre. Seulement, malgré cette défaite, il y a toujours des troupes françaises, des navires de guerre et des navires marchands français, une escadrille française, qui continuent le combat. Je puis même vous dire qu'il y en a de plus en plus, et qu'on parle partout dans le monde de ce qu'ils font pour la gloire de la France.

« Pensez à eux, priez pour eux, car il y a là, je vous assure, de très bons et braves soldats, marins et aviateurs, qui auront à vous raconter des histoires peu ordinaires quand ils seront rentrés chez eux. Or, ils sont sûrs d'y rentrer en vainqueurs, car nos grands alliés, les Anglais et les Russes, ont maintenant des forces très puissantes, sans compter celles que préparent nos amis les Américains. Toutes ces forces, les Allemands n'ont plus le temps de les détruire parce que maintenant, en Angleterre, en Russie, en Amérique, on fabrique d'immenses quantités d'avions, de chars, de navires. Vous verrez un jour toute cette mécanique écraser les Allemands découragés et, à mesure qu'ils reculeront sur notre territoire, vous verrez se lever de nouveau une grande armée française.

« Mes chers enfants de France, vous avez faim parce que l'ennemi mange notre pain et notre viande. Vous avez froid, parce que l'ennemi vole notre bois et notre charbon. Vous souffrez parce que l'ennemi vous dit et vous fait dire que vous êtes des fils et des filles de vaincus. Eh bien ! moi, je vais vous faire une promesse, une promesse de Noël. Chers enfants de France, vous recevrez bientôt une visite, la visite de la Victoire. Ah ! Comme elle sera belle, vous verrez ! »

Lorsqu'Henriette arrêta le poste, elle regarda Marie-Louise.

— Quel malheur, cette guerre ! Tant de haine et de souffrance ! Mon Dieu, faites que Marius nous revienne vivant et en bonne santé, que je reçoive bientôt de ses nouvelles et que notre couple réussisse à surmonter ces épreuves.

— Il faut nous armer de patience et de courage.

Le soir venu, après que les trois enfants se furent endormis, les deux femmes empaquetèrent leurs cadeaux.

— Heureusement que nous avons gardé du tissu et des rubans pour faire leurs paquets ! Monique ne croit plus au père Noël depuis longtemps, mais pour Denise, nous nous devons de jouer le jeu.

— Tu as raison, confirma Henriette, n'oublions pas de rajouter les sucres d'orge et les oranges dans leurs chaussons, pour leur réveil !

Henriette ignorait qu'un cadeau l'attendait le lendemain matin. Marie-Louise et Monique avaient économisé pour lui acheter une broche vue en vitrine sur un mannequin du Bon Marché. Monique s'était renseignée un samedi sur son prix et avait décidé de l'acheter avec sa grand-mère. Ce n'était pas de l'or, mais une jolie fantaisie qui faisait beaucoup d'effet.

Lorsque tout fut installé, les deux femmes purent se coucher paisiblement.

CHAPITRE 5

Noël 1941

೫ರ

Au petit matin, Henriette entendit des pas feutrés dans le salon, à travers la porte ouverte de sa chambre. Denise s'était levée et trépignait d'ouvrir les paquets du père Noël attendant au pied du poêle.

— Mais, qui vois-je là ? s'exclama Henriette. Notre petite Denise. L'enfant sourit et embrassa sa mère.

— Joyeux Noël, ma chérie ! Tu peux ouvrir ton paquet et manger ta sucrerie.

Toute la famille se leva et Monique tendit avec fierté le cadeau qu'elle avait acheté à sa mère. Henriette fut très émue et découvrit cette ravissante broche représentant un bouquet de fleurs dorées composées de petites perles.

Elle l'essaya sur le champ et les remercia pour leur délicate attention.

— Monique, essaie de te tenir droite pour réciter le poème que tu as préparé pour le dessert.

— Oui Grand-mère, ne t'inquiète pas. Mais je suis un peu grande maintenant, ce sera la dernière année.

Marie-Louise sourit et comprit à cet instant que sa petite Monique n'était plus si petite.

Henriette pressa Monique de se préparer. Elle avait encore ses cheveux à natter avec des rubans rouge et vert.

Les restrictions liées à l'occupation allemande obligeaient les femmes à utiliser tout ce qu'elles avaient dans leur garde-robe. Henriette avait décousu une jupe qui avait appartenu à Jeannine et l'avait transformée de ses mains expertes en une jolie robe rouge. Monique se fit une joie de porter sa médaille de baptême. Elle avait hâte de retrouver ses cousines et son cousin.

La foi était loin des idées de Marius. Mais par respect pour sa femme, il avait accepté que ses enfants soient baptisés.

Denise aussi avait revêtu une robe ainsi qu'une veste rouge en laine, car il faisait froid ce 25 décembre. Avec ce qui lui restait de laine blanche, Marie-Louise avait tricoté deux paires de gants et deux bonnets. Des petits souliers à lacets venaient compléter la toilette de Denise.

Marie-Louise était resplendissante dans sa robe de velours noir. Elle l'avait découpée dans d'anciens rideaux du salon taillés, transformés et cousus pour l'occasion. Elle avait rajouté une rose en tissu sur la poitrine. Un collier de perles ornait son cou. Elle avait relevé ses cheveux en un lourd chignon qui mettait en évidence ses jolis yeux bleu azur. Les bas en soie n'étaient plus en vente depuis fort longtemps. Ne restaient que des bas de laine, socquettes ou chaussettes courtes. Marie-Louise choisit des bas de laine, car l'hiver était rude. Des souliers lacés, usés mais encore corrects, venaient agrémenter cette toilette.

Henriette, quant à elle, se contenta d'un chemisier blanc en dentelle avec un tailleur en laine bleu. Elle l'avait porté si souvent lorsqu'elle et son mari sortaient encore à Paris, avant la guerre... La broche offerte fut posée sur le col de son tailleur. Ainsi, tout le monde pourrait admirer ce si joli présent.

Elle avait lâché ses cheveux mi-longs, légèrement bouclés sur ses épaules. Enfin, deux petites perles blanches à chaque oreille éclairaient ce doux visage aux yeux de braise. Une paire de chaussures noires à semelles en bois finalisait sa tenue.

Malgré la guerre, les femmes essayaient au mieux de rester coquettes et apprêtées. Prendre soin d'elles et de leurs tenues restait importants pour leur moral, même si les occasions se faisaient rares.

Lorsque Monique les vit entrer dans le salon en « habits de fête », elle fut émue et s'exclama :

— Mon Dieu, que vous êtes belles, toutes les deux ! Cela vous change tellement !

— Merci, ma chérie. Toi aussi te voilà bien jolie avec ta robe rouge.

Un lien fort unissait Henriette et Marie-Louise. Sans le savoir, elles ne pouvaient avancer l'une sans l'autre. Leurs forces étaient ces trois enfants qu'il fallait protéger à tout prix.

François fut enveloppé dans un burnous en laine sous une chaude couverture et installé dans l'ancien landau de Denise, Henriette y avait posé une bouillotte afin que l'enfant ne prenne pas froid.

Quand tout fut prêt pour sortir, la famille se rendit chez Maurice et Macha qui les attendaient pour cette journée du 25 décembre 1941.

Lorsque Dimitri les accueillit, toute la famille était déjà arrivée. Chacun avait fait un effort vestimentaire pour l'occasion. Monique resta en admiration devant le sapin avec, à ses pieds, la crèche.

— Oh ! Quelle merveille !

Cet appartement, richement décoré, était le fruit de l'héritage des parents de Macha. Tableaux, fauteuils, secrétaires, buffet de grande valeur meublaient ce salon.

— Entrez et venez vous mettre au chaud, mettez-vous à l'aise ! Réchauffez-vous près de la cheminée.

Tout le monde s'embrassa et se rapprocha du sapin qui brillait de mille feux. Il était là, dans toute sa splendeur, décoré de bougies, de pommes, d'étoiles et de fils d'argent. Une cheminée réchauffait cette grande pièce de vie.

On en oubliait que la guerre était là. Le temps semblait s'être figé dans cet appartement où tout était luxueux.

Il n'avait rien à voir avec celui d'Henriette et Marius, plus petit et plus simple.

Il n'y avait pourtant aucune jalousie financière entre frères et sœurs. Chacun était heureux de ce qu'il avait et personne n'aurait imaginé envier ce que l'autre possédait. C'était ça, finalement, la famille : ce mélange des uns et des autres, liés par le sang, unis par l'amour.

Jeannine et Pierre, les tourtereaux, semblaient radieux. Jeannine prit la main de Pierre afin de faire une déclaration :

— C'est avec beaucoup d'émotion que Pierre et moi tenons à vous faire un cadeau tout particulier en cette journée de Noël. Celui de l'arrivée d'un futur bébé qui verra le jour en juin 1942. Bien sûr, toutes nos pensées vont vers mon cher papa qui n'est pas là aujourd'hui, mais, nous savons que maman se fera une joie de lui écrire pour l'en informer.

Des « Oh ! » et des « Ah ! » se firent entendre. Tout le monde les embrassa. Henriette pensa fortement à Marius qui aurait été tellement heureux d'entendre cette nouvelle. Marie-Louise avait les yeux embués de larmes. Elle alla embrasser les futurs parents en les félicitant. Monique était folle de joie et se dit que, prochainement, elle aurait un neveu ou une nièce avec qui elle pourrait pouponner.

Macha s'approcha avec un plateau de verres remplis de vin pétillant. L'oncle Louis porta un toast à l'heureuse nouvelle.

L'apéritif allait commencer, chacun se servit de petits sablés au fromage et en profita pour admirer la table magnifique drapée d'une nappe blanche et dressée près de la cheminée. Tant de belles choses réunies ! C'était un vrai régal pour les yeux.

Des serviettes en lin brodées aux initiales du couple « MP » étaient disposées sur chacune des assiettes en porcelaine qui avaient appartenu à la famille de Macha.

Des couverts en argent et un service de verres en cristal venaient parfaire cette table. Des carafes au bec doré étaient remplies de vin que l'oncle Maurice avait obtenu. Personne ne demanda comment...

Au centre de la table, une composition en sapin et boules de Noël préparée par la maîtresse de maison finalisait le tout.

Chacun félicita les hôtes tant pour leur décoration que pour l'accueil qu'ils offraient, toujours avec autant d'amour. Il fallait apprécier et surtout oublier pendant quelques heures ce qui se passait dehors...

Des odeurs alléchantes faisaient monter l'eau à la bouche à tous les convives.

Maurice avait eu les moyens d'acheter de la nourriture au marché noir dont les prix s'envolaient un peu plus chaque jour pour atteindre des sommets en ce jour de fête.

Des paquets étaient disposés au pied du sapin et chaque enfant y trouva son bonheur.

Monique reçut une boîte à couture, en partie fabriquée par Marie-Louise qui l'avait également recouverte de tissu, ainsi que des livres de Bicot offerts par ses oncles et tantes.

— J'en rêvais ! s'écria-t-elle. Moi qui voulais tantcoudre comme maman !

Son cousin Dimitri découvrit un déguisement de chevalier confectionné par Macha, une épée en bois façonnée par l'oncle Louis venait compléter son habit. Denise eut, outre sa poupée de chiffon, des vêtements cousus par les mains agiles d'Henriette ainsi qu'un petit cheval à bascule fabriqué par son oncle qui avait de réels talents de menuisier. Les cousines, quant à elles, eurent droit à la collection d'ouvrages de la comtesse de Ségur qui avait appartenu à Jeannine.

Marie-Louise offrit à chacune d'elles une écharpe rose assortie à une paire de mitaines qu'elle avait tricotées. Chacun eut droit en plus à des friandises disposées dans de grandes chaussettes de laine suspendues autour de la cheminée et brodées par Macha.

Tous riaient et criaient. C'était à celui qui parlerait le plus fort et montrerait à la famille ses présents le premier.

Chaque femme reçut de la part de l'oncle Maurice une paire de bas en nylon, elles n'en revirent plus jusqu'à la fin de la guerre. Tous remercièrent l'hôte pour tant de générosité.

L'apéritif terminé, Macha pria toute la famille de se diriger vers la table où chacun pourrait trouver sa place grâce à des porte-noms confectionnés par Dimitri. Tout le monde le félicita pour ses talents de dessinateur.

Chacun trouva devant son assiette, en souvenir de ce Noël 1941, un menu qu'ils s'empressèrent de lire.

MENU DE NOËL 1941

HORS-D'ŒUVRE VARIÉS
FOIE GRAS DU Périgord
CHAPON FARCI
POMMES DE TERRE AU FOUR
BÛCHE DE NOËL
FRUITS ET FRIANDISES

Ceci accompagné de vins délicats et d'un café, achetés auprès des relations de l'oncle Maurice.

Marie-Louise ne put s'empêcher de balbutier à l'oreille d'Henriette que cela avait dû leur coûter une fortune. Henriette acquiesça par un sourire et pensa que son frère, malgré les temps difficiles, leur procurait à tous un peu de douceur et beaucoup de bonheur. Le plus important pour elle était de voir ses enfants heureux en ce jour de Noël.

Le repas fut un régal pour tous, et une belle parenthèse en ces moments difficiles.

— Vous êtes un vrai cordon bleu ! s'exclama l'Oncle Louis.

— Vous devriez penser à ouvrir un restaurant après la guerre, ma chère Macha.

On rit en imaginant l'établissement de Tante Macha.

L'oncle Louis prit sa coupe à la main et se leva :

— Que ce Noël soit le dernier que nous fêtions en temps de guerre ! Souhaitons que l'an prochain notre pays retrouve la paix et que nous soyons tous réunis en famille.

Marie-Louise pensa fortement à Marius qui devait fêter cette journée toute particulière de son côté avec sa famille d'adoption.

Les enfants, quant à eux, s'amusaient en chantant *Petit Papa Noël* de Tino Rossi.

De petites larmes coulèrent des yeux d'Henriette pour qui l'absence de son mari pesait plus lourd encore que pour d'autres.

Des cigares, gardés précieusement pour l'occasion par l'oncle Maurice, ravirent les deux frères. Ils étaient devenus introuvables.

La journée fut très animée. Tous savouraient chaque moment. François, quoiqu'un peu perturbé par tant de monde, gazouilla beaucoup. Au dessert, comme prévu, Monique récita son poème.

— Ce soir dans nos chaumières

« Inondées de lumière,

« Nous serons réunis,

« En tout cas plus unis.

« Nous aurons davantage envie de ce partage,

« Car dans ces temps hostiles,

« Quel amour plus utile ?

« Ce soir à la veillée,

« Nos cœurs ensoleillés

« Retrouveront couleurs,

« Bienveillance et chaleur.

« Nous aurons l'ambition de vivre l'émotion

« Avec plus de justesse et de délicatesse.

— Bravo ! hurla Denise.

Tout le monde applaudit Monique qui avait créé ce poème. Elle se répéta, pour elle-même, que ce serait la dernière année. Elle avait tenu à faire plaisir une dernière fois à sa grand-mère.

Pour conclure le repas, du vrai café fut servi dans le service de Macha.

On mit de la musique avec le pick-up offert par l'oncle Maurice à Macha quelques années auparavant et l'on chanta en pensant à des jours meilleurs. Charles Trenet était l'interprète préféré de Marie- Louise. Tous reprirent en chœur *Y a d'la joie* et *Boum*.

La neige tomba à gros flocons, ce qui mit en joie les enfants qui se ruèrent dehors.

Dimitri se fit un plaisir de lancer des boules de neige sur ses cousines qui hurlaient de rire en essayant de se protéger. Mais le temps filait vite lorsque l'on était entourés de ceux qu'on aimait et la réalité du quotidien s'imposa à eux.

— Il est l'heure mes enfants, nous devons rentrer, cria Henriette par la fenêtre.

Devant les protestations des enfants, elle insista.

— Il se fait tard et François est fatigué. Il n'est encore qu'un bébé, nous devons prendre soin de lui. La journée a été fatigante pour nous tous. Tout à une fin !

Avant qu'elle ne parte, Macha fit venir Henriette dans la cuisine et lui remit un panier rempli de victuailles. Cela représentait tant qu'Henriette hésita quelques secondes. Elle savait que cela provenait, sans nul doute, du marché noir. Macha remarqua le doute dans son regard, puis sa surprise. Henriette était touchée, reconnaissante envers sa belle-sœur et son frère. Cela leur permettrait de compléter leurs tickets de rationnement.

— Ne refusez pas, Henriette. Nous savons que les temps sont difficiles et nous tenons à vous aider à notre façon. N'y voyez là aucune pitié, juste de l'affection de notre part. Nous savons que c'est compliqué. Disons que nous ne le faisons pas pour vous, mais pour les enfants si cela peut vous mettre à l'aise.

Après tout, à la guerre comme à la guerre, tant mieux pour nous et les enfants.

Henriette accepta et embrassa Macha. Tous se quittèrent dans la joie et la bonne humeur.

CHAPITRE 6

Marius

ೞೞ

Les mois passèrent et au printemps 1942, certains événements vinrent à changer leur existence.

On sonna à la porte.

— Bonjour Henriette, voici une lettre reçue ce matin pour toi. Elle semble arriver d'Allemagne.

Henriette ne supportait pas que Germaine fasse des commentaires sur les courriers qu'elle remettait à ses locataires. Mais, comme disait Monique en riant, « Ce n'est pas une concierge pour rien ! » Elle ne l'affectionnait pas particulièrement et la surnommait « Madame Je-sais-tout ».

Henriette remercia la gardienne et se dépêcha d'aller ouvrir sa précieuse enveloppe seule dans sa chambre.

Les larmes aux yeux, les mains tremblantes, le cœur palpitant, elle découvrit son contenu.

25 février 1942,

Ma chère Henriette,

Tout d'abord, mille excuses de n'avoir pu vous écrire plus tôt.

Cela fait maintenant 6 mois que je suis prisonnier en Allemagne dans la même métairie, non loin de Berlin.

Les conditions sont relativement bonnes, je suis devenu garçon de ferme en peu de temps.

Les propriétaires, monsieur et madame Müller sont des gens charmants, quoiqu'un peu rustres. Je suis détenu avec mon compagnon de guerre Clovis, plus jeune que moi de 10 ans.

Les journées passent très vite, rythmées par notre quotidien. Le matin, nous sommes levés très tôt pour aller traire les vaches, nourrir les cochons et nettoyer les étables.

Notre logement est rudimentaire mais très correct, nous sommes dans une dépendance de la ferme avec chacun une chambre et une pièce qui fait office de salle à manger où une grande cheminée permet de nous chauffer.

Nous dînons tous les soirs avec la famille qui se compose de cinq enfants (Heinz 19 ans, Friedrich 15 ans, Heidi 12 ans et Peter 9 ans). L'aîné, Jonas 21 ans, est parti à la guerre.

Le midi, nous déjeunons lorsque le temps le permet à l'extérieur dans les champs. Madame Müller nous prépare chaque jour un petit balluchon composé de charcuterie, pain et laitage. Le soir, nous avons droit (le plus souvent) à une soupe (cuisinée avec les légumes du potager), du pain cuit au four et quelques pommes.

L'autre jour, nous avons fêté l'anniversaire de Friedrich et avons pu déguster du cochon grillé.

Je pense tout le temps à vous toutes.

Comment vont nos filles ? Et Jeannine, toujours heureuse en ménage ? Ma petite Denise a dû bien grandir, elle doit approcher de ses quatre ans. Monique, sur ses quatorze ans ! J'espère qu'elle vous aide au mieux et qu'elle n'est pas trop perturbée par tous ces événements.

Je souhaite que Maman se porte bien et que vous ne souffriez pas trop des restrictions alimentaires.

Pour Noël, nous avons été invités par les métayers. Voir leurs enfants me réconforte et me laisse espérer vous revoir bientôt. Ce sont de braves personnes qui subissent la guerre au même titre que nous. Nous avons pu manger du bacon, des saucisses avec des pommes de terre du jardin et quelques biscuits préparés par Elfriede (la fermière). Évidemment, un sapin fraîchement coupé en forêt noire trônait dans la salle à manger, décoré de pommes et de quelques guirlandes. Nous avons chanté en allemand tous ensemble à minuit en espérant au fond de nous des jours meilleurs. Ils nous apprennent leur langue et nous commençons à les comprendre.

Aussi incroyable que cela puisse paraître, ils deviennent au fil des jours notre famille de substitution.

Il a fait très froid ici, la neige est tombée abondamment cet hiver, aussi, chaque soir nous faisions un feu de cheminée pour chauffer au mieux notre petite métairie.

Madame Müller avait confectionné des biscuits (dont le nom est imprononçable pour nous autres Français : des Weihnachtsplätzchen) qu'elle avait décorés et suspendus dans le sapin avec des pommes. Monsieur Müller nous a même donné, pour le Nouvel An, de petits cigares que nous avons fumés ensemble.

Pourrais-tu m'envoyer, mon Henriette, un pull en laine bien chaud en protection de l'hiver qui ne semble pas vouloir finir ici ?

Je réfléchis beaucoup à nos derniers mois passés ensemble, souvent rythmés par de violentes disputes dont je suis le seul fautif. Mon penchant pour l'alcool est à présent derrière moi, je suis conscient des dommages occasionnés par la Grande Guerre de 14-18 et par le décès de notre fils tant aimé. Il faut à présent laisser (au mieux) le passé derrière nous et avancer en espérant un avenir meilleur.

Je t'embrasse tendrement ainsi que nos filles chéries.

Sans oublier ma chère mère qui nous est tant dévouée.

Ton Marius qui t'aime.

Les larmes continuaient de couler sur les joues d'Henriette. Elle serra la lettre contre sa poitrine et l'embrassait quand on frappa à la porte. C'était Monique qui rentrait de l'école.

— Que se passe-t-il, maman ? Tu as l'air toute triste.

— Non, ma chérie. Ce sont des larmes de joie. Ton papa vient de nous écrire et cela me rend tellement heureuse de savoir qu'il est en bonne santé ! Je vous la lirai lorsque ta grand-mère reviendra tout à l'heure.

— Oui, c'est beaucoup de soucis pour toi, maman, que de le savoir prisonnier. Je prie tous les jours pour qu'il nous revienne le plus vite possible.

— Comme tu le sais, ton papa est revenu de la Grande Guerre fragilisé par tout ce qu'il a vécu. Il a fêté ses 16 ans dans les tranchées, beaucoup de ses compagnons sont morts sur le front. Il a dû vivre des moments terribles. Lorsque nous avons, des années plus tard, perdu ton petit frère, cela lui a causé un choc supplémentaire. Grâce à ta venue au monde, il a repris goût à la vie. Nul ne peut prévoir les circonstances de son existence.

— Maman, il ne faut pas remuer le passé, mais penser à l'avenir. Papa rentrera à la maison et tout redeviendra comme avant.

— Je l'espère.

Des bruits d'enfants montaient de l'escalier de l'immeuble, la porte s'ouvrit sur Marie-Louise qui arrivait avec les deux enfants. Lorsqu'elle vit le visage illuminé d'Henriette, elle comprit qu'une bonne nouvelle allait lui être annoncée.

— Venez, vous asseoir, je viens juste de recevoirdes nouvelles fraîches de Marius.

Denise comprit qu'il se passait quelque chose d'important, elle se cala sur les genoux de sa grand-mère et écouta avec attention, sans toutefois tout comprendre.

Marie-Louise fut soulagée et heureuse de le savoir en bonne santé.

— Il doit me rester encore suffisamment de pelotes de laine pour lui tricoter un pull ! s'exclama Marie-Louise.

La soirée fut joyeuse et l'on parla gaiement du retour de Marius.

CHAPITRE 7

Un courrier inattendu

co∞

Lorsque l'horloge de l'église sonna dix heures, la journée était déjà commencée pour toute la famille. Monique était à l'école, Marie-Louise partie chercher à manger avec Denise.

Henriette, de repos pour s'occuper de François, eut une étrange impression en relevant son courrier ce jour-là. Elle trouva que l'enveloppe qu'elle tenait avait une forme étrange. En effet, une clé était glissée à l'intérieur avec une lettre.

> *Chère madame,*
> *Voici bien longtemps que je ne vous ai donné de mes nouvelles.*
> *Ma femme est toujours prisonnière à Ravensbrück.*
> *Cette clé, je l'espère, vous permettra de comprendre un peu mieux notre histoire.*

Vous devrez vous rendre à la consigne de la gare Montparnasse.

Grâce à celle-ci, vous pourrez ouvrir le casier n° 22 et récupérer des documents qui vous seront très utiles en cas de problème.

Nous espérons que tout va bien pour François.

Sachez que nous vous serons toujours reconnaissants pour tout ce que vous faites.

Lorsque vous aurez lu cette lettre, détruisez-la, on ne sait jamais.

Bien à vous,

D. Segal

C'était la première fois que l'on pouvait donner un nom de famille à François.

Henriette respira profondément et réfléchit quelques instants.

Il était hors de question qu'elle informe Marie-Louise de ce courrier, car elle ne l'aurait jamais laissée aller à Montparnasse pour récupérer quelconque document.

De quels problèmes peut-il bien parler ?

François commençait à pleurer de faim. Après l'avoir nourri, Henriette l'endormit en attendant que Marie-Louise et Denise rentrent.

Le repas prit, Denise à la sieste, Henriette prétexta aller rendre visite à Jeannine qui ne se sentait pas très bien depuis quelques jours, très fatiguée par son début de grossesse.

Elle décida de prendre le bus pour se rendre à Montparnasse. Le trajet était plus long qu'en métro, mais plus agréable. Il faisait beau et elle avait envie de voir du monde.

Sitôt arrivée, elle se rendit à ladite consigne n°22.

Lorsqu'elle introduisit la clé dans le casier, elle eut l'impression d'être observée.

Elle n'y prêta pas attention et se dit qu'en ces temps d'occupation allemande, tout le monde semblait suspect.

Elle découvrit un porte-documents en cuir qu'elle retira l'air décidé, le glissa dans son cabas et referma aussitôt la consigne.

D'un pas assuré, elle sortit de la gare et fut bousculée par une femme qui la regarda d'un air hautain, tout en s'excusant. Henriette opta pour un taxi pour rentrer. Elle monta dans le premier qui se présentait et, au moment de payer, sentit dans sa poche un objet métallique.

Elle le prit entre ses mains et découvrit une médaille qu'elle remit aussitôt dans son manteau, préférant, attendre d'être chez elle pour mieux l'observer.

Rentrée à la maison, Henriette rangea ces découvertes avec le plus de discrétion possible dans ses effets personnels. Marie-Louise s'empressa de prendre des nouvelles de Jeannine.

Henriette la rassura du mieux qu'elle le put et l'affaire fut réglée.

Sa belle-mère était un peu fatiguée ce soir-là et décida de se coucher tôt, ce qui permit à Henriette de s'occuper du contenu du porte-documents.

L'angoisse la prit, ses mains tremblaient à l'idée de découvrir ce qu'il contenait. Des gouttelettes perlaient sur son front, son cœur battait de plus en plus fort. Elle l'ouvrit et en sortit une grande enveloppe épaisse contenant des dizaines de faux papiers d'identité ainsi qu'une liste avec des noms.

Elle décacheta une seconde enveloppe.

> *Madame,*
>
> *Lorsque vous aurez entre les mains ces documents, il faudra vous rendre à l'adresse indiquée, ci-dessus, et demander madame Duval. La médaille, qui a dû vous être remise discrètement par une intermédiaire guettant la consigne, servira de code. Elle saura le pourquoi de votre visite.*
>
> *Madame Duval vous donnera ensuite le nom d'une seconde personne qui, lorsque vous la rencontrerez, vous expliquera exactement la situation. Tout cela peut sembler confus pour le moment, mais vous comprendrez bientôt la mission qui nous tenait tant à cœur, mais que nous n'avons pu mener à terme.*
>
> *Quelle que soit votre décision, nous la respecterons.*
>
> *Bien à vous,*
>
> *D. Segal*

Que faire, ma pauvre Henriette ? se dit-elle.

Elle pensa qu'il serait préférable de tout oublier et de détruire ces papiers. Mais, si le père de

François les lui avait confiés, c'était qu'il devait avoir confiance en elle. Elle remit les documents à leur place et s'endormit, soucieuse des tournures que cela pourrait prendre.

Les jours passèrent et Henriette avait décidé de se rendre à l'adresse indiquée pour rencontrer madame Duval. Elle ne savait pas vraiment comment elle s'y prendrait pour entrer en contact avec elle. Cette adresse correspondait à celle d'une boulangerie. En allant travailler un matin, elle se leva de très bonne heure, avant même que toute la maisonnée se réveille.

L'hiver n'en finissait pas et le froid était toujours aussi rigoureux. Elle se vêtit d'un pantalon en laine, d'un blouson, de bottes chaudes, et partit à vélo après avoir étudié le parcours qui la mènerait au 2 rue Lepic, dans le 18e arrondissement. L'enseigne de la boulangerie affichait « Chez Angèle ».

Les boulangers commençants très tôt, il était plus raisonnable de ne rencontrer personne et de passer à l'arrière de la boutique par mesure de sécurité.

Elle y avait réfléchi et conclu que cette Angèle n'était autre que la propriétaire : madame Duval. Henriette vit de la lumière à travers la lucarne et s'approcha de la porte arrière, où le boulanger travaillait. Elle entendit des voix à l'intérieur. C'était une femme qui parlait à un homme. Elle ne comprenait pas ce qu'ils se disaient mais leurs intonations laissaient supposer qu'ils se disputaient. Elle frappa à la porte, la femme lui ouvrit, l'air surprise. Sans doute ne comprenait-elle pas ce qu'Henriette lui voulait à une heure aussi matinale.

Henriette frissonnait, aussi la boulangère la laissa entrer. La première chose que fit Henriette fut de lui présenter la médaille. La femme sonda rapidement son invitée et estima que cette femme était honnête.

La boulangère, qui était bien Angèle, l'invita dans une petite pièce et lui offrit du lait chaud. L'homme était son époux. Angèle lui expliqua toute l'histoire de François et l'origine du courrier trouvé dans le porte-documents à la consigne de la gare Montparnasse. Songeant qu'elle pouvait avoir une totale confiance en Henriette, Angèle poursuivit.

— Voilà, il s'agit d'une mission toute particulière : tout d'abord, sachez que David Segal est à la tête d'un réseau de sauvetage d'enfants. Il a un poste haut placé dans l'administration et est très engagé dans la cause des Juifs. Il n'est qu'un intermédiaire et ne peut donc pas agir physiquement, mais il a, grâce à son métier, des alliés sur qui compter dans cette aventure. En effet, des enfants d'origine juive sont actuellement cachés dans un hôpital avec certains membres de leurs familles.

« Les parents de la plupart d'entre eux ont été déportés, ils ont donc dû se réfugier chez des voisins qui les ont mis en sécurité dans l'établissement.

« Beaucoup de communautés catholiques, hospices, couvents, écoles ou collèges, acceptent de les héberger et de les garder à l'abri, car ce sont toutes des personnes traquées.

« Votre mission consisterait, si vous l'acceptez, à emmener ces enfants et leurs parents dans la Sarthe pour qu'ils soient accueillis par des familles qui les cacheront jusqu'à la fin de la guerre.

« Cette opération a été organisée par les Segal, mais nous avons malheureusement appris que Rachel avait été déportée et nous n'avons depuis plus de nouvelles.

Quel événement pour Henriette ! S'il lui arrivait quelque chose, ses enfants seraient sans ressources. Marie-Louise ne pourrait assumer un travail et s'occuper des trois petits.

— Écoutez, Angèle. J'ai besoin de réfléchir à tout cela. C'est une lourde responsabilité et beaucoup comptent déjà sur moi. Je vous recontacterai au plus vite pour vous faire part de ma décision.

— Oui, je comprends. Rien ne vous oblige à faire cela si vous pensez que cela peut nuire à votre famille.

— Une dernière question. Y a-t-il un nom derrière cette chaîne de solidarité ?

— Oui, le « réseau Goldberg ».

— Très bien, je vous promets une réponse rapidement, le temps de réfléchir à tout ça.

— Attendez ! s'exclama madame Duval. Le second rendez-vous, auquel vous devrez vous rendre, si vous acceptez, est à l'hôpital Cochin. Vous recevrez d'ici quelque temps un courrier qui vous indiquera le nom de votre second contact.

Henriette repartit en direction de son lieu de travail, l'air soucieux, sachant déjà qu'elle participerait à ce sauvetage. Une aventure humaine déconcertante, tellement importante à ses yeux. Restait à savoir comment elle allait s'y prendre pour que sa famille ne pâtisse pas de sa « folle aventure » et ne se doute de rien.

CHAPITRE 8

Adélaïde

৪০০৪

Marie-Louise avait une amie prénommée Adélaïde, veuve de la Première Guerre. Sans enfant, elle se faisait une joie de sortir avec elle le plus souvent possible. Adélaïde vivait de la pension de son mari et faisait de la couture dans le quartier. Cela lui permettait de manger et payer son loyer. Elle aimait beaucoup Marie-Louise, qu'elle connaissait de très longues dates.

Adélaïde était d'un tempérament enjoué, parlant beaucoup et riant de tout. Cela amusait, Marie-Louise, qui, elle, était plutôt sérieuse et peu bavarde, malgré la joie que lui procuraient ses petits-enfants.

Ce mercredi-là, elles avaient décidé de sortir en ville pour se changer les idées avec les deux petits. En passant devant la mairie, elles virent un avis municipal qui offrait aux familles isséennes la possibilité de quitter la région parisienne pour aller s'installer à la campagne. Ainsi, les familles seraient accueillies par des agriculteurs ou villageois et pourraient travailler à la ferme tout en étant nourries convenablement.

Nul ne savait combien de temps allait durer la guerre !

Lorsqu'Henriette apprit la nouvelle, elle se dit que celle-ci tombait à point.

Elle réfléchit longuement à cette proposition qui lui laisserait « le champ libre » pour gérer au mieux sa mission.

Il fallait donc agir au plus vite.

Après le dîner, les deux femmes échangèrent sur l'organisation d'un éventuel départ. Il était hors de question qu'Henriette les suive, car elle devait continuer à travailler pour gagner de l'argent, payer leur logement et en envoyer à sa belle-mère pour subvenir aux besoins de la famille.

La décision était terrible pour Henriette. Elle ne se voyait pas séparée de ses deux filles ni du petit François qu'on lui avait confié. Cela lui semblait difficile de vivre sans eux. Marie-Louise eut une idée subite.

— Pourquoi ne pas demander à Adélaïde de venir avec nous ? Ce serait déjà un soulagement pour vous, Henriette. Au moins, je ne serai pas seule à m'occuper des enfants.

— Oui, c'est déjà plus rassurant de vous savoir deux adultes pour trois enfants, mais cela ne change en rien le fait qu'ils seront loin de moi. Ceci dit, il s'agit de la meilleure option pour leur bien-être à tous les trois.

Aussitôt dit aussitôt fait. Marie-Louise alla soumettre le projet à Adélaïde. Celle-ci accueillit la proposition avec une telle joie qu'elle faillit s'en étouffer.

— Calme-toi, Adélaïde. Il ne faut pas précipiter les choses. Le mieux serait que tu nous donnes ta réponse demain. La nuit porte conseil et tu auras les idées plus claires.

Les deux femmes se quittèrent sur cette entrefaite…

Quelques jours plus tard, elles se retrouvaient.

— Monique, as-tu pris ton paletot de laine jaune que Grand-mère t'a tricoté ?

— Oui Maman ! répondit Monique, qui ne se rendait pas vraiment compte du voyage et de l'aventure qui les attendait.

La ville d'Issy-les-Moulineaux avait proposé d'envoyer les Isséens en Anjou, à Brissac exactement.

C'était une décision qui semblait s'imposer aux trois femmes.

Après avoir longuement étudié ce qu'elles allaient emmener pour leur périple, Adélaïde et Marie-Louise décidèrent de ne prendre qu'une valise chacune. Monique aurait un sac en bandoulière et pousserait le landau de François.

Adélaïde, qui avait confirmé son enthousiasme précédent, se prépara à partir et rejoignit ce matin-là son amie pour le grand voyage.

Henriette les accompagna jusqu'à la mairie d'Issy-les-Moulineaux.

Ce transfert ne leur avait rien coûté, les places restaient cependant limitées. C'est pourquoi il avait fallu se décider très vite.

Chargées, les trois femmes portaient chacune une valise. Ce fut une véritable expédition. Un car attendait pour transporter les habitants en direction de la gare Montparnasse.

La séparation fut très dure pour Henriette.

— Je fais au plus vite pour vous rejoindre. Toi, Monique, sois sage ! Je te confie ta grand-mère et les petits. Je te fais confiance.

Elles s'embrassèrent. Denise pleurait et François dormait. Monique serra fort sa maman dans ses bras et essuya quelques larmes.

Lorsqu'ils furent hors de vue, Henriette, digne et droite jusqu'ici, détourna son regard et pleura de tout son soûl.

Le manque était déjà terrible pour elle. Rien n'était plus précieux que ses enfants. Elle avait une entière confiance en sa belle-mère, bien sûr, mais le cœur d'une mère saigne lorsque ses enfants sont loin.

Jeannine, pour l'instant, était restée sur Paris avec son mari. Elle envisageait elle aussi de quitter la ville pour la campagne.

Arrivées à Montparnasse, Adélaïde et Marie-Louise furent regroupées avec les enfants, au même titre que tous les autres voyageurs, et montèrent dans un train en direction d'Angers. Les deux petits s'endormirent rapidement. Monique serrait la main de sa grand-mère, fière mais émue par ce départ vers l'inconnu.

À Angers, un bus les conduisit dans un collège de filles.

Les lits n'étaient pas en nombre suffisants, aussi dormirent-elles sur de la paille dans la grange attenante au collège. Monique trouvait cette aventure plutôt amusante.

Les gens étaient tous heureux de cette destination, loin des bombardements et loin de Paris. Les réfugiés restèrent une semaine sur Angers dans ce collège, il n'y avait pas beaucoup de trains à destination de Brissac. Ils furent nourris par les bonnes âmes de cette ville. Les préfectures de la région coordonnaient ces mouvements, réquisitionnant des locaux.

Le jour J arriva enfin. Un train pour Brissac, ou plutôt un « wagon à bestiaux », les attendait. La famille s'assit par terre. Les deux femmes veillèrent à ce que les enfants soient bien installés, malgré la promiscuité avec les autres passagers.

— Ça y est, le grand jour est arrivé ! Dans peu de temps, nous serons à Brissac, assura Adélaïde.

— Chouette ! J'ai hâte de connaître cette ville, s'exclama Monique.

— Allez, mes enfants. Ce soir, nous dormirons dans un vrai lit et ça ne sera pas du luxe ! s'exclama Marie-Louise.

CHAPITRE 9

L'arrivée à Brissac

∞⊂⊃

— Je suis fatiguée, se plaignit Denise. J'ai hâte d'arriver et d'avoir une vraie maison !

— Oui, mon petit. Un peu de patience, nous arrivons bientôt ! lui répondit sa grand-mère.

— Il est vrai, dit Adélaïde, que le confort dans ce wagon à cochons n'était pas d'un grand confort, c'est le moins que l'on puisse dire !

— Oh oui ! L'odeur était épouvantable ! Et nous étions les uns sur les autres, sans pouvoir aller aux toilettes ! s'exclama Monique.

À leur arrivée, un bus les attendait pour les conduire au cœur de la place de Brissac.

Là, des villageois les accueillirent et choisirent des familles qui viendraient vivre et travailler pour eux.

Dès le début de l'offensive allemande, les autorités et les œuvres privées firent appel à toutes les bonnes volontés, demandant des bras, des véhicules, de la vaisselle, de la literie, du mobilier.

Certaines régions, dont le Maine-et-Loire et la Bretagne, leur vinrent en aide. Les réfugiés étaient arrivés avec trop peu d'affaires. Les enfants avaient besoin de couvertures, de couches, de lait…

Tout un arsenal d'ingéniosité se mit en route. Les commerçants qui ne pouvaient quitter leur magasin occupaient leur journée à recueillir, raccommoder et remettre le linge à l'état neuf.

Chaque villageois essayait, tant bien que mal, de gérer les repas, souvent composés de soupe et de pain, mais également de fruits et légumes qui ne manquaient guère dans ces campagnes. Pour les plus jeunes, du lait et des couches étaient mis à disposition par de généreux donateurs. Du matériel fut prêté pour permettre aux réfugiés de travailler dans les fermes et les champs.

Une petite femme brune, l'air brave et souriant s'approcha d'elles en leur proposant de la suivre.

— Bonjour, mesdames. Je suis madame Blanchard, la grainetière du village. Je peux vous proposer deux chambres dans ma maison. Si cela vous convient, je vous offre également le couvert moyennant quelques menus travaux.

— Madame, répondit Marie-Louise, votre proposition est très intéressante mais nous ne voulons pas l'aumône, nous préférons vous payer un loyer chaque semaine.

Adélaïde et Marie-Louise furent touchées par cette femme simple, qui semblait tellement gentille.

— C'est quoi une grainetière ? Demanda Monique

— Eh bien, lui répondit madame Blanchard. Je vends des grains destinés à la consommation ainsi que parfois des graines de semence et du fourrage.

— Ah, je ne connaissais pas ce métier !

La petite famille suivit cette femme au grand cœur. Ils arrivèrent devant une maison située sur la place du village avec un petit jardin à l'arrière.

La grainetière accepta le marché, Adélaïde et Marie-Louise s'installèrent dans leur chambre mitoyenne. La pièce principale faisait office de cuisine et de salle à manger.

Trois chambres composaient cette maison : une au rez-de-chaussée et deux autres à l'étage. L'installation fut rapide car ils avaient peu d'affaires. Madame Blanchard leur monta des chaises et une table pour qu'elles puissent écrire ou manger si le besoin se présentait. La cuisine leur était également ouverte.

Dans la première chambre, qui était la plus grande, Marie-Louise coucherait dans un grand lit avec Monique, Denise disposerait d'un lit d'enfant et petit François dormirait dans un caisson aménagé confortablement. Une grande armoire leur permit de ranger leurs quelques vêtements. Cette chambre donnait sur la rue.

Adélaïde occuperait une chambre minuscule, juste à côté, donnant sur un jardin. Elle suffisait pour elle toute seule.

À l'arrière de la boutique, au rez-de-chaussée, dormait la grainetière.

C'était rudimentaire, mais peu importait. Il fallait juste un endroit où chacun pourrait se reposer. Ce n'était qu'une première étape, leur projet n'étant pas de rester dans cette maison pour bien longtemps.

En effet, elles envisageaient, si l'occasion se présentait, d'habiter seules.

Dès leur arrivée, Monique demanda à sa grand-mère l'autorisation d'écrire à sa maman afin de lui raconter leur périple et leur installation. La fillette avait hâte que sa mère vienne les retrouver.

— Mais, comment ferons-nous si maman vient nous voir ? Il n'y a plus de place pour dormir ! s'écria Denise.

— Ne t'inquiète pas ma petiote, nous nous arrangerons en temps voulu.

Monique s'empressa d'écrire à sa mère.

Chère maman,

Notre voyage fut long mais amusant. Les gens ont été très gentils et nous avons fait de nombreuses connaissances. Denise a un peu pleuré, mais les câlins de Grand-mère l'ont beaucoup aidée à s'endormir. Les gens étaient charmants, j'ai fait la connaissance d'une amie qui va également à Brissac. Elle a 12 ans et se prénomme Lilly, nous nous retrouverons sûrement à l'école. Nous nous sommes bien occupées de Denise. Adélaïde et Grand-mère sont formidables. Elles aussi ont rencontré d'autres familles tout comme nous. Nous mangeons à notre faim, car nous avons été pris en charge par les gens du village. Ils nous ont fourni de quoi nous nourrir et aidés matériellement, car les tout petits avaient besoin de lait et de couches.

Comme, tu peux le voir, nous avons été bien traités.

À présent, nous voici arrivés à notre destination et sommes logés chez une grainetière, dans une maisonnée, au centre-ville de Brissac. Il y a même un jardinet qui permet à Denise de gambader.

Ne te fais aucun souci pour nous.

Il n'y a pas une journée où je ne pense à toi. Nous t'attendons avec impatience. Envoie-nous vite de tes nouvelles.

Mille baisers.

Ta Monique.

CHAPITRE 10

L'hôpital Cochin

ഇൗൽ

On sonna à la porte d'Henriette, ce samedi matin. C'était Germaine, la gardienne qui avait réceptionné un courrier pour elle.

Henriette trouva que la lettre était un peu épaisse, aussi s'empressa-t-elle de l'ouvrir.

Elle avait laissé son adresse à Angèle, qui lui envoyait des faux papiers pour lui permettre de circuler en toute tranquillité sous une fausse identité.

Un courrier accompagnait ces documents et lui expliquait où se rendre afin de rencontrer la personne qui la renseignerait sur toute l'organisation de ce sauvetage.

L'adresse était située non loin de l'hôtel Lutétia, ce qui inquiétait Henriette : il était réquisitionné depuis le 15 juin 1940 par des nazis qui y logeaient. En effet, l'Abwehr, le service de renseignement militaire et de contre-espionnage de l'état-major allemand y avait installé son quartier général pour mener la lutte contre la Résistance. Henriette s'arma de courage. Elle devait garder son sang-froid pour affronter ce défi qu'elle s'était promis d'accomplir.

N'ayant plus de famille à charge, elle s'empressa de se préparer pour se rendre à l'adresse indiquée, qui n'était autre que l'Hôpital Cochin – au 27 rue du Faubourg-Saint-Jacques –.

Elle enfourcha son vélo et se mit en route. Devant l'entrée de l'hôpital, ses genoux commencèrent à trembler. Elle se dit que ce n'était pas le moment de flancher et qu'elle devait aller jusqu'au bout. Sa décision était prise, il fallait à présent avancer.

Lorsqu'elle arriva à l'accueil, une jeune femme lui indiqua le bureau du professeur Dumont.

— Entrez, chère madame. Soyez la bienvenue à Cochin ! Professeur Dumont, je suis le chef du service neurologique de cet hôpital. Rassurez-vous, vous ne risquez rien. Tout d'abord, merci à vous d'avoir pris la décision de venir jusqu'à moi. Je ne suis qu'un intermédiaire et vous êtes notre ange gardien. Sans vous, rien ne sera possible.

— Merci, que dois-je faire ? demanda-t-elle.

— Il s'avère que, depuis quelques semaines, nous cachons une dizaine d'enfants et leurs familles dans différents services. Par mesure de sécurité, chacun d'entre eux a actuellement une nouvelle identité. Ceci ne peut durer éternellement, vous savez parfaitement en tant qu'infirmière que nous nous devons avant tout de soigner des malades et sommes également tenus au secret médical. Mais là, nous outrepassons nos droits et nul n'est à l'abri d'un contrôle. Le Lutétia n'étant qu'à deux rues de chez nous, il devient urgent de faire partir ces pauvres gens : tout peut basculer d'un jour à l'autre, des soupçons planent sur notre établissement hospitalier. Nous voulions savoir si vous pouviez les faire sortir dans des ambulances qui les transporteraient jusque dans la Sarthe où des familles les accueilleraient. Vous devez savoir que c'est un risque pour vous et cela peut aussi engager votre famille. Une autre personne vous accompagnera, car il faudra prendre deux véhicules. Ce second conducteur est un jeune interne de notre hôpital, mon neveu Gabriel, qui fait partie d'une filière d'évasion et qui s'est porté volontaire pour vous aider.

Henriette écoutait ces explications avec une grande attention. Le professeur reprit.

— Évidemment, cela demande de la rigueur. Un premier rendez-vous aura lieu à l'hospice de Chartres. Des médicaments seront à récupérer auprès de sœur Cécile, notre contact. Vous pourrez souper et vous reposer, si vous le souhaitez. Attendez-vous à être contrôlés sur la route, vous devrez tous garder votre sang-froid ! À vous de vous organiser. Quelques vivres vous seront donnés à votre départ. Dans mon bureau, il y a une deuxième entrée donnant dans une crypte : une pièce en sous-sol qui permet d'aller et venir afin d'accueillir des clandestins. Ce passage n'est connu de personne, car non répertorié sur les plans de l'hôpital.

Henriette n'en revenait pas et lui demanda quand exactement il pensait les faire sortir de l'hôpital.

— Jeudi prochain serait l'idéal, soyez là pour 4 h 30 du matin. Attention, si vous étiez contrôlée et questionnée, nous ne nous connaissons pas et vous n'êtes jamais venue me voir.

Cela laissait quatre jours à Henriette pour organiser au mieux son expédition qui devait être synchronisée et surtout discrète, ce qui restait le plus compliqué.

Mais rien n'était impossible.

Le lendemain matin, de très bonne heure, Henriette fut réveillée par le crissement des pneus d'une voiture qui s'arrêta brusquement en bas de son immeuble.

Quelqu'un monta dans l'escalier en courant et des bruits de voix lui parvinrent de sa chambre.

On tambourina à sa porte, ce qui la fit sursauter. Elle se leva précipitamment en se demandant qui pouvait venir chez elle à une heure aussi matinale.

— C'est Amélie, votre voisine du dessus, ouvrez-moi, c'est urgent !

Henriette déverrouilla la porte et Amélie débaula dans l'appartement.

— Que vous arrive-t-il, Amélie ?

Elle avait l'air affolée et complètement paniquée.

— Pourrais-je vous confier ma fille, Flore ? Elle ne doit en aucun cas rester chez nous ! On vient de m'avertir que des policiers sont sur le point d'arriver ! Des centaines de familles juives vont être arrêtées et emmenées on ne sait où.

Henriette accepta sans réfléchir une seule seconde. Flore devait avoir huit ans et tenait une poupée dans ses bras. Elle pleurait et ne comprenait pas ce qui se passait. Sa mère la prit dans ses bras, la serrant fort en lui assurant de revenir le plus vite possible la chercher.

Amélie avait juste eu le temps de glisser dans un balluchon quelques affaires.

— Restez, vous aussi, Amélie. Rien ne vous oblige à remonter dans votre appartement, il faut impérativement vous cacher !

— Non, c'est trop risqué pour nous tous. Mieux vaut dire que c'est une nièce qu'on vous a confiée. Ce sera plus crédible pour vous. Mon Dieu, dans quel pétrin je vous mets, ma pauvre Henriette ! Quand je pense que vos enfants sont partis à la campagne loin des bombardements et que moi, je vous impose ma fille.

— Ne vous inquiétez pas, Amélie. Il faut vous cacher, sans quoi ils vous trouveront.

— S'il m'arrivait quoi que ce soit, je vous laisse un double de mes clés, on ne sait jamais.

Amélie avait épousé un certain Nathan Warzawski, juif polonais qui avait déjà été arrêté quelques mois auparavant. Il tenait une librairie rue Saint-Jacques à Paris. Il avait été contraint de la fermer, car des pillages avaient eu lieu et la devanture de sa boutique avait été peinte d'une étoile de David.

Un voisin avait prévenu Amélie de l'arrestation de son mari en pleine rue. Elle n'avait pas osé se renseigner sur ce qui lui était arrivé par peur des représailles pour elle et sa fille.

Elle savait qu'il était risqué de rester chez elle et qu'il aurait mieux valu partir se cacher immédiatement. Elle avait été avertie in extremis par des amis qui craignaient aussi pour leur vie.

La mère embrassait sa fille avant de la quitter quand un camion de gendarmes se gara au pied de l'immeuble.

Amélie allait paniquer lorsqu'un miracle se produisit. La porte du voisin de palier d'Henriette s'ouvrit. C'était l'instituteur de l'école élémentaire Sainte-Clotilde.

— Dépêchez-vous d'entrer, madame Warzawski. J'ai une sortie à l'arrière de ma cuisine permettant d'accéder directement à la cour intérieure de l'immeuble !

En effet, celle-ci desservait un jardinet où se trouvait un portillon qui la mènerait directement de l'autre côté de la rue.

— Vous devrez vous rendre au 2 rue Minard, reprit l'instituteur. Demandez madame Langlois, c'est la gardienne. Elle vous cachera quelques jours, le temps de trouver une solution. Elle loue une chambre de bonne sous les combles. Vous ne risquez rien pour le moment.

La porte se referma sur eux et Henriette se retrouva seule face à Flore qui la regardait avec ses grands yeux noirs et ses jolis cheveux bouclés.

— Je vois là une petite fille bien courageuse, nous allons toutes les deux prendre notre petit déjeuner. Ensuite, nous réfléchirons à l'organisation de notre journée.

Flore eut envie de pleurer, mais Henriette la prit dans ses bras et lui promit qu'elle retrouverait sa maman très vite.

Les gendarmes étaient repartis bredouilles. Il fallait à présent s'occuper du devenir de cette fillette.

Mon Dieu ! Je pars dans quelques jours, que vais-je faire d'elle ? Une seule possibilité, l'emmener avec moi. Après tout, cela ne changerait rien.

Lorsque sa mère travaillait, Flore était gardée par une nourrice qui vivait non loin, rue du Chevalier-de-la-Barre. Il n'était bien sûr pas question de l'y amener. Ce qui risquait d'être compliqué serait de traverser Paris, avec la fillette, en pleine nuit.

Henriette en était là de ses réflexions lorsque quelqu'un frappa à la porte. C'était monsieur le curé, prévenu par Germaine qu'un drame était en train de se produire dans leur immeuble.

Henriette l'invita à entrer et lui expliqua la situation. Il fut ému et touché de constater tant de dévouement de la part d'Henriette pour cette fillette.

— Si vous le souhaitez, je peux la cacher dans mon presbytère en attendant de trouver une solution.

— Non, répondit-elle, j'ai promis à sa maman de m'en occuper.

— La porte de l'église vous sera toujours ouverte, quelle que soit l'heure du jour et de la nuit.

Il repartit, inquiet pour ces deux femmes.

La journée passa. À la nuit tombée, lorsque Flore fut endormie, Henriette sortit et traversa la rue pour se rendre chez cette fameuse madame Langlois qui habitait à deux pas de chez elle et qui cachait Amélie.

Elle toqua discrètement puis entendit des soldats allemands qui faisaient une ronde. Le bruit de leurs bottes se rapprochait, son cœur s'emballa et la porte s'ouvrit in extremis.

Elle entra juste au moment où les Allemands passaient.

— Bonsoir, je suis la voisine d'Amélie, arrivée chez vous ce matin, j'aimerais lui parler.

— Mais qu'est-ce qui vous prend de venir à une heure aussi tardive ? C'est de l'inconscience, ma pauvre enfant ! Et Amélie n'est plus ici.

— Quoi ? Comment ça ?

— Lorsqu'elle est arrivée, complètement affolée, j'ai compris ce qu'il se passait. Mon fils Jean, qui partait justement en voiture pour rejoindre son réseau de résistance dans le Vercors, en a profité pour l'emmener en la cachant.

— Se rend-elle compte de la gravité de la situation ? Si votre frère est arrêté, ils peuvent être tous les deux fusillés !

— Ne vous inquiétez pas, mon frère n'en est pas à sa première tentative de sauvetage !

— Pourriez-vous me donner une adresse où lui envoyer des nouvelles de sa fille ?

— Mon frère ne m'envoie jamais de courrier, mais je peux lui faire parvenir des messages par d'autres personnes susceptibles d'aller le retrouver.

Henriette comprit ce soir-là qu'Amélie ne reviendrait pas avant la fin de la guerre. Elle devrait veiller encore longtemps sur sa petite fille.

Le jour du départ pour Cochin arriva très vite. Henriette réveilla Flore de très bonne heure pour se rendre dans le 14ᵉ arrondissement, à l'hôpital Cochin.

Elles avaient emporté le strict minimum, car il fallait s'y rendre à vélo. Flore s'installa sur le porte-bagage et se blottit contre Henriette qui n'en menait pas large.

Un silence de mort régnait dans les rues.

Heureusement, Henriette avait huilé les roues de son vélo. Cela leur permit d'avancer en silence.

Une patrouille venait juste de passer lorsqu'Henriette et Flore arrivèrent à l'hôpital. Elles entrèrent sur le côté, comme l'avait indiqué le professeur.

Gabriel les attendait.

— Vous êtes ponctuelle ! Mais qui est cette enfant ? Ce n'était pas prévu. Vous savez que les places sont limitées.

— Je n'avais pas d'autres solutions, c'est la fille d'une amie qui vient d'échapper à une rafle et qui me l'a confiée. Nous nous serrerons, je ne peux pas effectuer cette mission sans l'emmener.

— Très bien. Suivez-moi et surtout, silence !

CHAPITRE 11

Eleanor

ℬↄℭ

Lorsque Monique rentra de l'école, Marie-Louise s'affairait à la préparation d'un gâteau. Aujourd'hui on fêtait ses quatorze ans. C'était l'année de son certificat d'études et son examen était imminent. Monique était une jeune fille sérieuse qui envisageait de devenir journaliste. Elle s'était fait deux amies auxquelles elle tenait beaucoup : Lilly, dont elle avait fait la connaissance à Angers, et Eleanor. Elles étaient à présent toutes les trois réunies dans l'école du village. Elles partageaient leurs moments d'espoirs, leurs histoires d'adolescentes en quête de liberté, leurs coups de cœur.

Monique se dépêcha de faire ses devoirs et alla aider Adélaïde à s'occuper de François, qui commençait à crapahuter un peu partout. Denise dessinait à côté de Marie-Louise tout en chantant « Gentil coquelicot ».

La petite famille ne logeait plus chez la grainetière. Les deux femmes avaient trouvé à louer une petite maison dans le centre-ville, près de l'école.

Ce jour-là, Monique avait été invitée à passer l'après-midi chez Eleanor, la fille des châtelains de Brissac. Autrefois, un précepteur venait faire l'école à Eleanor et son frère, Mathis. Les événements et le désistement de l'homme avaient forcé leurs parents à les mettre à l'école communale. Les jeunes filles avaient rapidement sympathisé. Elles partageaient le même goût pour les animaux. Elles échangeaient beaucoup, plus particulièrement sur les chevaux.

La famille d'Eleanor possédait une écurie au château. Elle y abritait, entre autres, la jument de la jeune fille. Elle ne la montait plus depuis quelques mois car elle était pleine. Elle devait mettre bas d'un jour à l'autre. Le poulain serait offert à son petit frère, Mathis. Devant le regard étoilé de Monique à l'évocation de la jument, Eleanor lui avait proposé de la lui présenter.

Les châtelains de Brissac étaient une riche famille qui faisait peu parler d'elle, mais qui était présente chaque année pour l'organisation d'une grande braderie que les enfants attendaient toujours avec impatience. Cette fête symbolisait le début de l'été et mettait en ébullition tout le village. Chaque famille préparait des stands avec des gâteaux, des jeux de balles, de billes, en bois, des boissons. Les enfants avaient confectionné des guirlandes de fleurs qui étaient accrochées partout dans les rues. Tout était fait pour que les parfums et les couleurs fassent oublier le triste quotidien, ne serait-ce qu'une journée de fête. Chacun affichait le sourire de circonstance qui permettait aux autres d'y croire un peu plus. Les rires et les chants s'élevaient jusque tard dans la nuit.

Le lendemain de la fête, le dimanche, Monique fut invitée à passer la journée au château. Elle utilisa son cadeau d'anniversaire pour se rendre chez son amie : un nouveau vélo. Elle fit grincer fort les freins de son bolide en arrivant, les deux mains sur les poignées. Des Allemands se promenaient dans le parc du château ! Elle n'eut pas le temps d'élaborer d'hypothèses, Eleanor apparut dans le chemin et lui fit signe d'avancer.

— Que font ces Allemands chez vous ?!

— Ils sont arrivés il y a quelques jours, lâcha-t-elle à voix basse.

Elle poursuivit en tirant sur la manche de Monique pour se mettre à l'écart.

— Un soir, lorsque nous étions en train de souper, des bruits de moteur se sont fait entendre dans la cour. Nos chiens se sont mis à aboyer, ce qui nous a alertés. Mon père s'est levé de table. Quelqu'un a frappé à la porte. Notre bonne a ouvert et s'est retrouvée face à un commandant allemand qui a ordonné à mon père de le conduire à son bureau. Le gradé l'a questionné sur un certain réseau de résistance nommé « Attila ». Papa ne comprenait pas de quoi cet homme voulait parler. Le commandant nous a interrogés un par un.

— C'est incroyable ! Mais comment ont-ils atterri chez vous ? Et pourquoi ?

— Je ne sais pas, mais ensuite, ils nous ont demandé de prendre nos affaires et nous ont congédiés dans les combles du château. Ils ont tout réquisitionné : nourriture, lit, linge, vaisselle, chambres, cuisine... Nous n'avons plus aucun droit sur notre propriété. Ma mère a d'abord été choquée, elle pleurait tout le temps...

— Et tu ne m'as jamais rien dit !

Eleanor poursuivit, elle ne semblait pas entendre son amie. Ses paroles se déversaient, comme une bouteille tenue à l'envers.

— Puis elle s'est reprise et a commencé à réorganiser tout notre quotidien. Nous avons dû déménager certains des meubles qu'ils ont bien voulu nous laisser pour continuer à vivre décemment.

Eleanor s'arrêta. La bouteille était vide. Le regard honteux qu'elle lançait à ses chaussures en jouant avec les gravillons de l'allée montrait à quel point il lui avait été difficile de tout dire à son amie. Lorsque ses yeux implorants se jetèrent dans ceux de Monique, elle comprit la question muette qu'ils posaient. Eleanor se noyait et voulait une bouée.

— Ne t'inquiète pas, Eleanor. Cela ne changera rien à notre amitié. Nous serons toujours là l'une pour l'autre.

Comme si cet aveu n'était rien, les jeunes filles s'enfoncèrent entre les arbres du parc. La mère d'Eleanor leur avait préparé un panier en osier contenant des boissons fraîches ainsi qu'un gâteau confectionné avec les fraises du jardin. Elles rirent beaucoup, discutèrent plus sérieusement de leurs projets d'avenir et se promirent, plus sérieusement encore, de rester en contact après la guerre.

Les heures filent vite lorsqu'on est en bonne compagnie et, l'après-midi touchant à sa fin, Monique s'apprêtait à repartir, lorsque des cris surgirent de la grange.

C'était Mathis qui semblait paniqué.

— Vite, vite ! Il faut appeler le vétérinaire ! Quelque chose ne va pas ! Le travail a commencé, mais le poulain ne sort pas ! Il va mourir !

Ses parents, alertés par les hurlements, accoururent. Il fallait en effet agir rapidement. La jument semblait épuisée et le travail durait depuis longtemps déjà. Le garçon de ferme fut envoyé chercher le vétérinaire. Le seul rattaché au village était juif. Il avait endossé une autre identité pour exercer sa profession sans avoir à se cacher. C'était un risque terrible qu'il avait choisi de prendre par amour pour son métier. On le connaissait sous le nom d'Olof Ziegler, mais personne ne prononçait plus son nom de famille.

Lorsqu'il arriva sur sa bicyclette, à bout de souffle, suivi par le garçon de ferme, courant derrière, toute la famille poussa un « Ah ! » de soulagement. La présence des Allemands dans l'enceinte du château rendait le péril encore plus grand pour le vétérinaire. Cela montrait de manière plus nette encore l'attachement de cet homme à son village, ses habitants et surtout aux bêtes en général.

Tout le monde était regroupé, fébrile, en tentant de rassurer la jument. Mathis lui caressait l'encolure en lui parlant doucement à l'oreille. En le voyant entrer dans l'étable, Mathis ne put s'empêcher de s'écrier :

— Monsieur Ziegler ! Vous voilà enfin ! On avait hâte que vous arriviez !

Tous avaient cessé de respirer, mises à part Eleanor et Monique qui n'avaient pas saisi l'impair. Elles continuaient de triturer leurs vêtements, angoissées pour le poulain. Un soldat passant par-là entendit prononcer le nom de l'hippiatre. Mathis venait de commettre une terrible erreur. La leçon leur avait pourtant maintes fois été répétée : ne prononcer le nom de Ziegler sous aucun prétexte ! Sous le coup de l'émotion, il l'avait oubliée. Les pas du soldat s'éloignèrent sans qu'il eût prononcé un seul mot. À travers la porte de l'écurie, on le vit cependant s'entretenir avec son commandant.

Olof, après un bref échange de regards avec les châtelains, s'agenouilla pour aider la jument à mettre bas. Aucun Allemand ne se présenta pour l'interrompre. Après une heure de travail, de tout petits sabots apparurent, puis les canons, avec la tête allongée dessus, le thorax ensuite, l'abdomen et enfin, après un ultime effort de la jument désormais à bout de forces, les hanches et les postérieurs. La mère resta couchée calmement pendant de longues minutes. Elle s'occupa peu de son poulain, qui s'avéra être une pouliche, lui prodiguant simplement un coup de langue las.

Le médecin frictionna le nouveau-né, vérifia son rythme cardiaque. Curieusement, lorsque la pouliche fut agitée de frissons et releva la tête, il sembla s'apaiser et se tourna vers la mère, couchée sur le côté, le regard orienté vers l'infini.

Mathis la caressait toujours, il ne quittait pas Olof des yeux, observait chacun de ses gestes. Il aurait voulu faire plus mais avait compris qu'il était mieux pour tous qu'il n'interféra pas. L'attente fut longue. Le temps sembla s'être arrêté.

Le sourire d'Olof lorsqu'il finit son auscultation rassura tout le monde. La jument semblait en bonne santé, simplement fatiguée par le travail plus long qu'à l'accoutumée. Mathis baptisa la pouliche « Viva ».

Elle commença à se redresser. Olof vérifia si ses réflexes de succion étaient bons. Une demi-heure s'écoula et, d'un bond, Viva se tint debout.

— Regarde Mathis, je vais à présent nettoyer son cordon ombilical, car beaucoup de microbes peuvent s'y introduire. Il peut y avoir des risques d'infection comme la septicémie ou d'autres maladies. Le fait d'être couché sur le sol facilite souvent la pénétration des germes pathogènes.

— Pourrais-je vous aider, docteur ?

— Si tu veux, je vais te montrer comment nettoyer son cordon et surveiller sa cicatrisation. Comme cela, si je ne peux pas revenir, tu pourras lui prodiguer ses soins.

Nouvel échange de regards entre les châtelains et le vétérinaire, un ange passa.

Le garçon rompit le silence.

— Sa température est-elle bonne ?

— Oui, si elle est entre 37° et 38°, c'est excellent. À présent, il faut la laisser avec sa mère qui doit se reposer. Elles doivent faire connaissance. Je repasserai prochainement, je l'espère. Mais rappelle-toi, il te faut aller les voir tous les jours.

Mathis plongea dans les yeux d'Olof. Il y vit la bienveillance, la mission qui lui était confiée, puis l'urgence passée, se rappela son impair. Ses pupilles s'écarquillèrent, la peur étreint son ventre. Il allait parler lorsqu'Olof rompit leur échange muet. Tandis qu'il se rinçait les bras dans le baquet d'eau fraîche de l'étable, le vétérinaire aperçut à travers les lattes de bois les soldats qui guettaient sa sortie. Les graviers de la cour grinçaient sous leurs bottes. Mathis avait suivi son regard. Rouge de honte, il prenait subitement conscience de la gravité de son erreur, de l'embarras dans lequel il avait mis l'homme qu'il admirait tant.

— Merci pour tout, docteur. Mon plus grand souhait serait un jour de devenir vétérinaire, comme vous. Vous resterez un exemple pour moi !

— C'est très gentil, mon garçon. Prends bien soin de tes bêtes, elles te le rendront bien mieux que les hommes. À bientôt.

Lorsqu'ils sortirent de l'étable, les soldats se regroupèrent autour d'eux.

— Fos papiers, herr fétérinair' !

Olof les tendit sans un mot. Une fois de plus, tous cessèrent de respirer. Le cœur de Mathis cessa de battre un instant, puis l'officier allemand fit signe à ses hommes.

— Fos soins ici sont terminés. Fous allez nous suivre, maintenant. Fér'fication d'identité !

Les châtelains tentèrent bien d'intervenir en faisant valoir une erreur sur le nom de leur ami, mais rien n'y fit. Tous regardèrent Olof Ziegler s'éloigner la tête haute, encadré par deux soldats. Avant de monter dans la voiture qui l'emmènerait on ne sait où, il adressa un dernier signe à la famille et un clin d'œil à Mathis.

L'après-midi, qui devait être une belle journée pour tous, se terminait en cauchemar. Eleanor était furieuse contre son frère, qui se fit réprimander par ses parents. La fin de la journée parut pesante.

Monique était choquée par la tournure des événements ayant viré au drame en quelques secondes seulement. Elle repartit du château, bouleversée et mal à l'aise. Lorsqu'elle arriva chez elle, elle rapporta toute l'histoire à Adélaïde et sa grand-mère. Elle voulait comprendre. Comprendre l'incompréhensible.

— Il est hors de question que tu retournes chez ton amie ! C'est trop dangereux, on ne sait jamais ce qu'il pourrait arriver ! Nul n'est à l'abri.

— Que va devenir ce pauvre Olof ? C'est terriblement injuste ! Pourquoi a-t-il fallu qu'un officier entende son nom ? Pourquoi l'ont-ils emmené ? Que vont-ils lui faire ? gronda Monique.

Autant de questions qui n'avaient pas de véritables réponses. Rien d'acceptable pour une enfant de quatorze ans. Rien d'acceptable pour personne.

Elle admit toutefois qu'à partir de ce jour, il serait préférable de voir son amie à l'extérieur du château, puis alla aider Adélaïde à préparer le dîner.

Jusqu'à la fin de la guerre, nul ne sut ce qu'advint monsieur Ziegler après son arrestation. Personne ne le revit dans le village. Sa famille avait heureusement été mise à l'abri et avait pu passer en zone libre en Espagne. Bien des années plus tard, on apprit qu'il avait été déporté et qu'il était revenu sain et sauf. Il avait pu rejoindre sa famille qui l'attendait depuis le début de la guerre.

CHAPITRE 12

Un départ mouvementé

ଚ୨୦ଓ

Au départ de Paris, il y avait d'abord monsieur et madame Weismann et leurs quatre enfants, âgés de 15 à 4 ans : Elsa, Rachel, Salomé et David.

Il y avait aussi les Bloch, avec leurs jumeaux de 8 ans, Jacob et Ethan. En comptant la petite Flore et Henriette, cela faisait douze personnes.

Le camion-ambulance était suffisamment grand pour conduire tout ce petit monde à bon port.

Gabriel avait pris dans sa camionnette, dans laquelle étaient montés les Bloomer et leurs jumeaux âgés de 10 ans (Adam et Noah) ainsi que les Schmidt avec leur bébé Samuel.

Chaque famille avait récupéré des faux papiers et lorsque tout le monde fut installé, les deux camions partirent dans la nuit.

Cela faisait quelques minutes à peine que les véhicules roulaient lorsqu'une patrouille allemande les arrêta.

— Hallo, Fahrzeug und Papierprüfen ! Wogehst du hin?[2]

— Nous conduisons des malades très contagieux atteints de tuberculose.

L'officier allemand le regarda, surpris, et se contenta de faire signe de circuler avec son index, ce qui permit aux deux véhicules de repartir sans plus de vérifications.

Avait-il compris ou pas, personne ne le sut, mais comme dans toute guerre, des hommes de bonne volonté permirent à certains Français de pouvoir échapper à un destin tragique.

Henriette et Gabriel reprirent la route vers l'hospice de Saint-Brice à Chartres afin de récupérer des médicaments. Ils feraient ainsi une pause pour le petit déjeuner. Les deux véhicules s'étaient arrêtés en lisière de forêt à deux reprises, car des enfants avaient été malades, ce qui leur fit perdre du temps.

Lorsqu'ils arrivèrent, des religieuses les aidèrent à sortir du véhicule en toute tranquillité. Les enfants avaient faim et la fatigue se faisait ressentir pour tous. Chaque famille avait craint pour les siens lors du contrôle.

Les sœurs les guidèrent dans une aile du bâtiment où les attendaient de quoi se nourrir.

Il ne fallait pourtant pas trop s'attarder, il restait de la route avant d'arriver à destination.

---

[2] — Bonjour, contrôle du véhicule et des papiers ! Où allez-vous ?

Henriette se détacha du groupe en faisant signe à Gabriel. Elle devait retrouver sœur Cécile qui lui remettrait des médicaments. Une religieuse la conduisit auprès d'elle.

— Bonjour, ma sœur ! Je suis Henriette Avisse, du « réseau Goldberg ».

— Entrez, je vous attendais. J'espère que votre voyage se passe bien. Vous n'avez pas rencontré de patrouilles sur votre chemin ?

— Nous avons été stoppés une fois. C'est la peur au ventre que nous avons réussi à convaincre les soldats allemands de nous laisser poursuivre notre route.

— Je comprends votre inquiétude, mais prier reste encore le seul moyen de nous faire avancer. Voici, votre commande. À présent, je vais vous ramener au réfectoire pour retrouver votre groupe. Vous pourrez ainsi manger avant de reprendre la route.

— Merci infiniment pour votre hospitalité.

— C'est bien normal, vous n'êtes pas la première à vous arrêter chez nous. Nous sommes au service des personnes malades, mais aussi de celles qui sont dans le besoin, comme vous. Notre mission ne s'arrête pas aux soins, il faut aussi savoir aider son prochain, surtout en ces temps très difficiles.

À peine Henriette avait-elle rejoint ses réfugiés que des sirènes se déclenchèrent. Les vitres de la salle tremblèrent. On entendait au loin le bruit des moteurs des avions se rapprocher. L'angoisse de chacun était palpable et tout le monde semblait pétrifier. Les religieuses les sommèrent de descendre à la cave immédiatement, des bombardements étaient imminents.

Tous attendirent à l'abri que les avions aient fini d'attaquer. Les enfants pleuraient, Henriette tenait près d'elle Flore qui tremblait de tout son corps.

— J'ai peur, dit-elle. Que va-t-il se passer ? Et maman, quand la retrouverons-nous ?

— Ce n'est pas le moment de penser à ces choses-là, Flore. Il te faut être courageuse et t'armer de patience. Tu ne crains rien tant que nous sommes ensemble.

On entendit des avions passer au-dessus du bâtiment, une bombe tomba non loin de là, faisant trembler les murs. Des cris retentirent à l'extérieur. Les bruits étaient assourdissants, tout raisonnait sur les murs de la cave qui semblaient amplifier le son des tirs d'obus.

Un long moment s'écoula avant que l'on entende la porte de la cave s'ouvrir et une voix crier de remonter. Gabriel remonta le premier. Une religieuse était allongée au sol, elle avait été touchée et semblait grièvement blessée aux deux jambes, elle hurlait de douleur. Des brancardiers l'emmenèrent. Les vitres avaient éclaté et une partie d'un bâtiment avait pris feu. Des éclats de verre jonchaient le sol de l'hospice.

Il fallait attendre avant de repartir, cela semblait plus prudent.

À l'extérieur, des tuiles étaient tombées des toits et un pan de mur d'une annexe du bâtiment principal s'était écroulé sous les bombardements. Tous prirent le temps de se remettre, de calmer les enfants et aider au déblaiement des décombres.

La fin de l'après-midi approchait, il restait de la route et l'arrivée était prévue à l'origine pour 18 heures. Au vu du danger qui menaçait, ils décidèrent toutefois de passer la nuit sur place. Cela semblait plus raisonnable avec tous les enfants.
Trop d'agitation et d'émotions pour tout le monde. Ce ne fut donc que le lendemain matin, après avoir petit-déjeuner, qu'ils décidèrent de quitter l'hospice.

Lorsqu'ils arrivèrent au Mans, ils furent guidés par le maire qui avait organisé les rencontres avec les familles d'accueil : les Weismann et leurs quatre enfants iraient chez des métayers qui leur offrirent l'hospitalité chaleureusement.

Flore fut prise en charge par un couple du village de La Chapelle-Saint-Aubin qui n'avait pu avoir d'enfant. Ce fut une joie pour eux de pouvoir s'occuper de cette fillette, qui semblait effrayée de tant de changements. Heureusement, Henriette avait réussi à l'accompagner jusqu'à sa nouvelle habitation. Elle fut rassurée et découvrit la ferme dans laquelle elle allait vivre. La chienne du couple venait tout juste d'avoir une portée de chiots, ce qui ravit Flore qui s'empressa d'aller faire leur connaissance. Henriette lui expliqua qu'elle reviendrait la voir prochainement avec des nouvelles de sa maman. L'enfant la serra fortement en l'embrassant et lui promettant d'être sage et obéissante.

Les Bloch et leurs fils allaient travailler dans une ferme à Coulaines.

Les Bloomer et les Schmidt furent cachés à l'hôtel « Les Hirondelles » pendant plusieurs jours, puis répartis dans des pensions de famille où ils exerceraient un métier.

Les enfants seraient scolarisés sous une autre identité, tout ça sous l'œil attentif de certains des habitants qui garderaient le secret de ces réseaux d'aide aux réfugiés. La particularité des villages refuges reposait sur le fait que tous les habitants savaient garder un secret. Cela garantissait la survie des réfugiés et leur apportait du travail, de quoi se nourrir et surtout un lieu pour vivre presque normalement. Ces localités se trouvaient généralement assez éloignées des grandes villes, souvent dans les campagnes ou sur des plateaux en montagne difficilement accessibles.

Lorsque la mission d'Henriette fut accomplie, ce fut le cœur serré qu'elle quitta Flore, toutefois rassurée de la savoir entre de bonnes mains. Avant de repartir à Paris, elle décida d'un détour vers Brissac pour faire une surprise à sa famille.

Elle laissa donc Gabriel rentrer seul et reprit son ambulance pour rejoindre sa famille. Ce fut ainsi, habillée en infirmière, qu'elle arriva au petit matin à Brissac.

Monique et sa grand-mère dormaient lorsqu'un bruit de moteur se fit entendre. Au loin, elles perçurent une voix qui criait « Monique ! Marie-Louise ! »

Les cris se rapprochèrent, ce qui fit sortir Monique de son sommeil.

— Grand-mère, réveille-toi, c'est maman !

— Que dis-tu, ma grande ?

— J'entends la voix de maman en bas, dans la rue, elle doit nous chercher !

Marie-Louise se leva et entrouvrit le volet. Elle fut surprise de constater qu'en effet sa belle-fille se trouvait au milieu de la place du village. Elle prit un mouchoir et lui fit signe de s'approcher.

Henriette avait cherché vainement l'endroit où vivaient ses filles et sa belle-mère. N'ayant pas d'adresse précise, elle avait tourné en voiture autour de la place du village en les appelant jusqu'à ce qu'elle se fasse entendre.

Lorsque la porte de la maison s'ouvrit, Monique se jeta dans les bras de sa mère. Le jour commençait à se lever, on entendit le chant du coq.

Henriette se précipita à l'étage pour embrasser Denise qui se réveilla immédiatement en la voyant.

— Maman ! Ma chère petite maman ! Tu m'as tellement manqué ! Ne repars pas, on a trop besoin de toi.

— Ma chérie, je vais devoir retourner à la maison, mais je vais revenir vite et nous rentrerons chez nous, à Issy-les-Moulineaux.

— Pour le moment, je vais nous préparer un bon petit déjeuner et tu vas me raconter tout ce que tu fais de tes journées.

François dormait comme un ange, il avait bien profité et semblait même avoir grandi. Marie-Louise prépara de la chicorée et sortit du pain ainsi que de la confiture préparée avec les fraises du jardin. Adélaïde, alertée par le bruit, se leva et les retrouva dans la cuisine.

— Henriette ! Quel bonheur de vous savoir parmi nous ! cria-t-elle.

Tout le monde s'embrassa et se donna des nouvelles fraîches des unes et des autres. Henriette leur expliqua qu'elle avait dû déposer des malades à l'hôpital de Chartres, les infirmières avaient été mises à contribution car on manquait de main-d'œuvre. Elle s'était proposée pour ce voyage jusqu'au Mans, pensant que, n'étant pas trop loin de Brissac, elle pourrait leur faire cette surprise. Marie-Louise n'était pas dupe. Elle avait compris depuis bien longtemps, du fait de ses absences répétées, la mission de sa belle-fille, ce qui l'inquiétait au plus profond d'elle-même.

Hélas, Henriette ne resta que peu de temps, car elle devait ramener l'ambulance sur Paris et surtout, reprendre son travail. Elle rejoindrait sa famille un peu plus tard. Ce fut le cœur serré qu'elle repartit.

CHAPITRE 13

Une visite inhospitalière

 co

Les semaines passèrent, Henriette avait repris son travail à l'hôpital Cochin.

Ses enfants lui manquaient terriblement. Elle leur écrivait tous les jours et envoyait chaque fin de semaine ses lettres qui faisaient la joie des enfants attendant le facteur avec impatience.

Lorsqu'elle arriva pour prendre son service du matin, elle remarqua dans la cour de l'hôpital une voiture allemande qui attendait. Elle n'y prêta pas plus attention, les Allemands allaient et venaient selon leur bon vouloir. Ils contrôlaient tout et pouvaient, à n'importe quel instant, emmener quiconque de suspect à leurs yeux ou en situation irrégulière. En se dirigeant, comme chaque jour, dans le bâtiment où se trouvaient les vestiaires des femmes pour passer sa tenue d'infirmière, elle se retrouva avec une collègue, Jeannette, qui prenait également son service.

Tout d'un coup, des pleurs et des cris se firent entendre. Ils semblaient provenir d'une pièce voisine. Cela résonnait, car les plafonds en voûte et en pierre amplifiaient les bruits.

— D'où proviennent ces cris ? Peut-être est-ce un malade qui fait une crise d'hystérie ? Généralement, on intervient rapidement pour le calmer ! s'inquiéta Jeannette.

Les deux infirmières montèrent à l'étage supérieur et aperçurent le directeur de l'hôpital debout, encadré de deux Allemands.

Elles ne comprirent pas tout de suite. En s'approchant, elles entendirent les Allemands lui demander où se cachaient certains de ses patients. Elles échangèrent un regard complice et comprirent qu'ils cherchaient les blessés cachés sous de fausses identités.

— Si vous ne nous dites pas immédiatement où sont ces déserteurs, nous revenons avec des policiers et ferons une descente dans toutes vos chambres !

Prenant son courage à deux mains, Henriette s'avança vers le directeur qui semblait prêt à craquer.

— Bonjour, messieurs. Je suis une des infirmières en chef de ce service et peux sans doute vous renseigner de façon plus précise sur votre recherche. J'entends que vous recherchez certaines personnes. Pouvez-vous m'en dire un peu plus ? C'est moi qui établis les fiches d'entrées de tous les malades.

— C'est fort intéressant, chère madame, rappelez-nous votre nom ?

— Je suis Henriette Avisse.

— Montrez-nous le listage de vos entrées ! Nous sommes à la recherche de personnes juives qui seraient arrivées à Cochin sous une fausse identité.

— Jusqu'à quelle date voulez-vous que je remonte ?

— Depuis au moins 3 semaines, mais vous devez savoir, vous qui êtes responsable de l'arrivée de ces patients, s'ils sont arrivés récemment ?

— Vous savez comme moi que nous nous devons au secret professionnel. Lorsque des malades arrivent, nous les soignons d'abord, nous ne pouvons pas leur demander leur identité.

— C'est un tort, chère madame. Aussi, nous attendons votre réponse.

— Je vais devoir regarder sur mes fiches et vous demande d'attendre quelques instants.

Le directeur semblait étonné et surpris de l'aplomb d'Henriette. Les minutes lui semblèrent des heures alors qu'il attendait, toujours encadré des deux Allemands.

Lorsqu'elle réapparut, Henriette leur transmit la liste des patients arrivés depuis plus d'un mois. Aucune famille ne correspondait à leur recherche.

— Très bien, tenez-vous à notre disposition si nous repassons ! En effet, tout semble en règle. Nous espérons que votre infirmière dit vrai. Sans quoi, des sanctions seront prises. En espérant ne pas vous direà bientôt... Auf Wiedersehen.

Henriette s'éloigna. Une fois les Allemands partis, le directeur la convoqua dans son bureau. Sa collègue, qui avait assisté à toute la scène, semblait en retrait et reprit son service immédiatement. Le directeur s'essuya le front avec son mouchoir et but un verre d'eau.

— Asseyez-vous, je vous en prie. Tout d'abord, un grand merci, chère madame Avisse. Vous m'avez sorti d'un fâcheux problème. Comment avez-vous su et compris ?

— Lorsque je vous ai vu encadré de ses deux soldats, j'ai su qu'il se passait quelque chose de grave. Nous avons été alertées par des cris et avons pensé à des malades que l'on emmenait de force ou que l'on martyrisait, ce qui semblait peu probable. Le ton semblait monter, ce qui a provoqué chez certains des patients qui avaient assisté à la scène un choc, d'où leur comportement.

— Oui, mais comment avez-vous fait pour échanger ces listes ?

— J'ai toujours su qu'à un moment ou un autre des Allemands pourraient venir et nous questionner ici à l'hôpital. Je n'ai jamais enregistré ces personnes. Elles n'apparaissent nulle part, d'autant que je sais très bien que certaines ne sont plus chez nous.

— Eh bien là, vous me laissez sans voix ! Jamais je n'aurais pensé ça de votre part. Sachez que je vous serai toujours reconnaissant.

Repartie travailler, Henriette avait encore risqué sa vie auprès de la police allemande. Elle aurait pu être convoquée à la Kommandantur avec son directeur, mais rien de tout cela n'était arrivé.

Lorsqu'elle rejoignit Jeannette, sa collègue, celle-ci la questionna immédiatement.

— Comment cela s'est-il passé ? Quel courage tu as eu ! Tu aurais pu être arrêtée s'ils n'avaient pas cru à ton explication.

— Je pense qu'il faut toujours croire en soi, sinon nous n'avancerions pas. Il ne faut jamais montrer sa peur.

— Oui, mais cela n'est pas facile pour tout le monde.

— En tout cas, il nous faut faire très attention, car ils pourraient revenir un jour ou l'autre.

CHAPITRE 14

Amélie

ഌฏ

Après avoir pris la décision de suivre Jean Langlois, Amélie se dit qu'elle finirait bien par revenir d'une manière ou d'une autre. S'il devait changer ses plans, cela pourrait être dangereux pour eux deux.

Jean avait pris la tête d'un réseau de résistance. Ils étaient finalement arrivés à bon port ensemble, à Vassieux-en-Vercors.

Le matin où elle avait dû abandonner sa fille et sa maison, elle était partie si précipitamment qu'elle n'avait emporté avec elle que son objet fétiche, son appareil photo qui ne la quittait jamais.

Elle était photographe de presse pour un journal hebdomadaire *Le Dimanche illustré*. Son métier était très prenant et il n'était pas évident pour une femme à cette époque de concilier vies de famille et professionnelle.

Le Vercors, cette zone libre de la France, restait un lieu de refuge pour toutes les personnes victimes de discrimination raciale ou religieuse. Lorsqu'elle arriva sur le lieu de résistance, Amélie fut présentée comme une journaliste qui avait fui l'occupant pour cause d'antisémitisme.

Les résistants de Vassieux comprirent que cette femme serait précieuse pour eux. Elle avait l'avantage de parler couramment allemand. Elle pourrait traduire et décoder des messages pour le réseau.

Sa seule et unique ressource était son métier de photographe qu'elle pourrait mettre à profit pour son journal. C'était très dangereux pour elle, et il lui fallut une certaine force de caractère pour rester avec ces résistants. Ils étaient, pour la plupart, très jeunes, là pour désorganiser l'occupation allemande.On les appelait les maquisards.

La jeune mère se sentit redevable envers Jean qui l'avait sauvée des griffes des nazis. Elle proposa alors de l'aider du mieux qu'elle le pourrait dans les opérations qu'il entreprendrait. Amélie avait compris que les résistants devaient prochainement couper des lignes téléphoniques et faire dérailler un train contenant des armes et du ravitaillement pour les Allemands.

Commença pour elle une aventure peu ordinaire : photographe dans la Résistance. Jean avait bien en tête une mission à lui confier : prendre des photos des sabotages des maquisards réalisés dans la région. Ainsi à la fin de la guerre, elle pourrait publier ses photos et écrire des articles sur les événements qui se sont déroulés en France. Cela laisserait une trace indélébile de l'histoire de la Résistance dans le Vercors.

On lui proposa également de s'occuper des messages. Elle devint agent de liaison pour l'équipe radio sur Vassieux.

Amélie pensait à sa fille dont elle espérait chaque jour fortement avoir des nouvelles. Il fallait à tout prix qu'elle sache où elle se trouvait et comment Henriette avait fait pour la cacher.

— Jean, pensez-vous retourner prochainement à Issy-les-Moulineaux ? Je suis morte d'inquiétude pour Flore que j'ai confiée à ma voisine Henriette Avisse.

— Non, pas pour le moment et je doute fort d'y retourner avant longtemps, cela devient trop risqué. Mais je vais demander à un camarade de se mettre en contact avec ma mère. Ce sera plus prudent pour nous deux.

— Merci, Jean. Vous comprendrez mon empressement !

— Oui, mais à présent, il va falloir vous armer de patience.

Jean, fidèle à sa parole, se mit rapidement en contact avec une personne sur Paris qui rencontrerait madame Langlois afin de prendre des nouvelles de Flore. En attendant sa réponse, Jean réunit ses compagnons « maquisards » et planifia le déraillement du train de ravitaillement qui devait passait dans les jours qui suivaient. Ils auraient ainsi l'occasion de détruire tout leur matériel.

Les semaines passèrent, Henriette s'apprêtait sous peu à rejoindre sa famille à Brissac. On frappa à la porte, Blanche Langlois venait aux nouvelles pour Flore. Elle lui raconta ce qu'Amélie était devenue et Henriette lui confia que Flore se trouvait entre de bonnes mains, à côté du Mans, dans une famille d'accueil qui se faisait une joie de l'accueillir. Henriette retournerait prochainement la voir, elle le lui avait promis.

— Qu'Amélie se rassure, sa fille semblait heureuse lorsque je l'ai quittée. Ce couple, n'ayant pu avoir d'enfant, m'a promis de s'en occuper comme de la leur.

— Très bien ! Je transmettrai, assura madame Langlois.

Elle expliqua à Henriette que, par mesure de sécurité, elle ne devait plus entrer en contact avec Jean et passer par une personne intermédiaire si elle voulait lui transmettre des informations.

Ainsi, Amélie fut garantie de la sécurité de sa fille pour les mois à venir. Elle pouvait se consacrer à sa mission l'esprit serein.

Henriette poursuivait sa correspondance avec Marius, ce qui l'aidait moralement à avancer dans tous ses projets.

Jeannine allait accoucher d'un jour à l'autre. Elle attendait la venue au monde de son enfant pour quitter Paris. En effet, Pierre avait préféré rompre son contrat d'instituteur et quitter la capitale pour se retirer à la campagne. Cela semblait plus raisonnable pour la mère et l'enfant. Il chercherait du travail sur place et pourrait subvenir à leurs besoins les mois à venir avec les économies qu'ils avaient faites.

CHAPITRE 15

Retour à Issy-les-Moulineaux

ഇരു

Il y avait deux ans que ses enfants et Marie-Louise étaient partis sur Brissac, Henriette n'avait pu les rejoindre pour vivre avec eux. Elle décida un matin de rapatrier sa famille sur Issy-les-Moulineaux. La vie devait reprendre son cours, malgré les événements. Rien ne les empêcherait d'y retourner pour l'été pendant les vacances. Monique était très attachée à Eleanor et ne voulait pas perdre contact avec elle. Denise approchait de ses cinq ans et François courait un peu partout dans la maison. Cela représentait beaucoup de travail pour Marie-Louise, mais Denise étant à présent scolarisée, cela lui permit d'effectuer de menus travaux de couture pour les villageois.

Marie-Louise envoya un courrier à Henriette pour lui confirmer la date et l'heure de leur arrivée à Montparnasse.

Les au revoir furent douloureux pour Monique, qui avait créé des liens très forts avec Lilly et

Eleanor. Les deux jeunes filles accompagnèrent leur amie et se promirent de se retrouver dès qu'elles le pourraient.

Des voisins, avec qui les deux femmes avaient sympathisé, étaient venus pour un dernier adieu.

Avant de monter dans le bus, elles promirent de revenir aussi souvent qu'elles le pourraient pour les vacances.

Le voyage fut calme et silencieux, chacune restant plongée dans ses pensées. Seul le petit François n'avait pas vraiment conscience de ce qui arrivait.

Les retrouvailles avec Henriette furent un véritable bonheur pour les enfants qui avaient du mal à croire que l'exode était bien terminé.

— Maman !! Nous voilà enfin revenus dans notre « chez nous ». Ça fait si drôle ! On a l'impression d'être partis depuis tellement longtemps ! s'exclama Monique en retrouvant sa mère. Pourquoi n'est-on pas restées toutes là-bas ? La vie était tellement simple et belle. Il ne manquait que toi.

— Oui, je comprends, mais cela m'était trop douloureux de vous savoir éloignées de moi. Je ne pouvais pas quitter mon travail ici. C'est mieux ainsi. Et puis, Monique, il faut penser à tes études. L'école où tu te trouvais n'était pas adaptée pour toi. Tous les enfants y étaient réunis. Ce n'est pas comme cela que tu vas maintenir ton niveau. À présent que tu as ton certificat d'études en poche, il va falloir trouver une école qui te corresponde. Pourquoi ne pas suivre des cours chez Pigier ? Ils sont très réputés !

— Oui, maman. Laisse-moi arriver, il faut que je réfléchisse tout de même, c'est de mon avenir qu'il s'agit.

Marie-Louise, Adélaïde et les enfants revenus, la vie reprit son cours. Noël 43 arriva vite. Les frères d'Henriette étaient partis se réfugier chez des cousins éloignés qui possédaient une ferme dans le Jura.

Henriette n'avait plus eu de nouvelles d'Amélie depuis la venue de madame Langlois. Les retrouvailles avec sa propre famille lui firent se demander ce qu'elle était devenue et s'il ne lui était rien arrivé. Flore demeurait dans sa famille d'accueil.

Henriette décida de reprendre contact avec Blanche qui devait avoir des informations par l'intermédiaire de son fils. Lorsqu'elle sonna à la porte, personne ne répondit chez Blanche. Henriette s'apprêtait à quitter l'immeuble lorsqu'une vieille dame ouvrit sa porte sur le même palier et s'enquit de ce qu'elle désirait.

— Bonjour madame, puis-je vous renseigner ?

— Eh bien, je suis venue prendre des nouvelles de madame Langlois, mais je vois que celle-ci ne répond pas.

— En effet, elle n'est plus ici depuis quelques semaines et je n'ai aucune nouvelle d'elle. Peut-être, est-elle partie chez un parent ? Si vous voulez, lorsque je la verrai je lui ferai part de votre visite. Comment vous appelez-vous ?

— Je suis madame Avisse, elle me connaît, je repasserai prochainement. Merci quand même.

CHAPITRE 16

Une naissance inattendue

ഇരു

L'accouchement de Jeannine approchant, Henriette rendait régulièrement visite à sa fille et vérifiait si des contractions se faisaient ressentir. D'un tempérament dynamique, Jeannine avait entrepris un grand ménage dans son logement. Ce qui présageait une naissance imminente.

— Jeannine, tu devrais te reposer et te calmer un peu, ce n'est pas bon pour le bébé que tu bouges toutle temps. Tu vas finir par le faire venir plus vite que prévu.

— Mais maman, ce n'est pas une maladie, au contraire, ce sera un enfant tonique.

Jeannine n'avait pas fini de parler qu'elle eut une étrange impression.

— Mon Dieu, je perds les eaux !

— Pas d'inquiétude ! Tout va bien se passer. Je me charge d'appeler une ambulance chez la gardienne.

— Quand je pense que Pierre est sorti faire les courses !

— Tout va bien se passer. Je suis là et ta valise est déjà prête.

Un véhicule arriva rapidement et, chose incroyable, Pierre rentra juste au moment où il allait démarrer. Il monta à bord avec sa femme et Henriette, direction l'hôpital Cochin.

À destination, Henriette les quitta pour prendre son service, les laissant seuls, bien qu'elle mourût d'envie de soutenir sa fille. Pierre faisait les cent pas dans le couloir en attendant la naissance. Le temps lui parut long, il n'avait pas souhaité assister à l'accouchement.

— Félicitations ! C'est un beau garçon ! Mais ! Attendez, ce n'est pas fini ! Il y en a un deuxième !!

Des pleurs de nourrisson se répandaient dans toute la salle d'accouchement. Jeannine avait mis au monde de vrais jumeaux. Une sage-femme vint chercher Pierre lorsque tout fut terminé. Dès qu'il entra dans la salle, il s'approcha du berceau.

— Mon Dieu, des jumeaux ! Qu'ils sont beaux ! Jamais nous n'aurions imaginé cela...

— Toute notre organisation est à revoir !

— Comment allons-nous faire ? Nous n'aurons jamais assez d'affaires... et le lit !

— Pas d'inquiétude, rassura la sage-femme. Vous savez, les nouveau-nés, et qui plus est les jumeaux, dorment ensemble pendant les premières semaines. Ils ont ce besoin de contact, car ils ont été neuf mois dans la même poche.

— Pour ce qui est des vêtements, je fais confiance à ma grand-mère et ma mère pour nous en tricoter en double exemplaire !

Jeannine souriait malgré la fatigue. Elle était épuisée par tant d'efforts, et pleurait avec Pierre, encore surpris, mais heureux d'être père.

Les prénoms furent vite trouvés, Claude et Pierre. Henriette fut prévenue par une amie sage-femme. Elle arriva peu de temps après la naissance et put découvrir ses deux petits-enfants. Des larmes de joie coulèrent sur ses joues.

— Ton père serait tellement fier de voir ces deux petites merveilles.

Jeannine confia Pierre à Henriette, tandis que Pierre donnait le biberon à Claude.

Alertée de l'heureuse nouvelle, Marie-Louise avait confié Denise et François à Adélaïde. Elle sauta dans un taxi avec Monique en direction de l'hôpital. Lorsque la jeune fille ouvrit la porte de la chambre de Jeannine, Pierre se leva pour les accueillir et avança le berceau où dormaient les jumeaux.

— Qu'ils sont petits !

— Oui, répondit Henriette émue, je revois Jeannine le jour de sa naissance.

Henriette était partagée entre la joie de l'instant, ce cadeau merveilleux qu'était la vie, et la douleur que lui infligeait l'absence de Marius rendue d'autant plus vive en ce moment de partage familial.

— Il va falloir doubler le trousseau de ces deux amours, annonça-t-elle pour couper court à ses pensées. Je vais dès ce soir leur tricoter une couverture supplémentaire, il me reste suffisamment de laine.

Monique avait disposé un petit ange enveloppé dans du papier de soie dans une boîte joliment décorée qu'elle avait acheté à la kermesse de son école.

— Je ne pensais pas qu'il y aurait deux bébés ! Je n'ai qu'un seul petit ange.

— Oh ! Tu es adorable. Il ne fallait pas ! Ce sera leur ange porte-bonheur ! L'essentiel est d'y avoir pensé et cela nous touche beaucoup, Pierre et moi.

La porte s'ouvrit et une infirmière pria toute la famille de sortir de la chambre. Il fallait du calme à la maman et aux nourrissons.

Il était temps de récupérer François et Denise. Tout le monde s'embrassa et félicita encore les jeunes parents qui semblaient heureux mais épuisés.

Une nouvelle page s'ouvrait pour le jeune couple qui devrait à présent élever deux nourrissons en pleine guerre. Henriette écrivit le jour même à Marius pour annoncer la grande nouvelle.

Les oncles Louis et Maurice furent également prévenus, ce qui laissait présager de grands moments de bonheur en famille. Les mois passèrent et l'hiver 44 arriva rapidement. Jeannine et Pierre prirent la décision de rester à Paris, plus pratique avec deux bébés. Henriette serait présente et pourrait ainsi aider sa fille. Pierre reprit donc son poste d'instituteur.

Henriette continuait d'aider le réseau Golberg le plus souvent possible et restait régulièrement en contact avec Angèle la boulangère, qui lui donnait de temps en temps des petites missions à effectuer.

CHAPITRE 17

Francine

ഇ⊙ഗ

Amélie avait pris ses marques avec l'équipe de Jean qui l'avait accueillie de façon enthousiaste et la considérait maintenant comme une des leurs.

Elle essayait de les aider du mieux qu'elle le pouvait et avait été mise en contact avec une certaine Francine, restauratrice et soutien des maquisards.

Ce jour-là, Amélie devait se rendre seule au restaurant afin de récupérer la nourriture mise de côté pour le réseau.

— Bonjour Amélie, je suis bien contente de vous connaître ! Je peux enfin discuter avec une femme de terrain. Peut-être est-ce compliqué pour vous de vivre entourée de tous ces hommes ? Je vois que vous avez pu vous échapper du groupe, cela vous intéresserait-il de vous joindre à moi ? J'ai besoin d'une aide-cuisinière. Cela ne vous empêcherait pas de livrer à Jean, de temps à autre, de la nourriture et ainsi rester en contact avec le groupe.

— C'est très aimable à vous, l'idée est intéressante mais je dois rester leur messagère.

Amélie ne refusa cependant pas catégoriquement et demanda à y réfléchir. La proposition lui plaisait et travailler en ville, non loin du maquis, serait mieux pour elle plutôt que de rester cachée avec une dizaine d'hommes toujours sur leur garde.

Les risques étaient grands et Amélie s'en ouvrit à Jean.

— J'ai fait la connaissance de la personne qui vous ravitaille en nourriture. Elle me sollicite afin de venir travailler avec elle dans son restaurant. Après réflexion, cela me semble intéressant. Je pourrais venir moi-même vous approvisionner et ainsi resterais en contact avec vous tous. En cas de besoin, je serais à votre disposition. Pourquoi ne pas m'occuper de transmissions de message ? Ainsi, je pourrais vous informer de ce qu'il se passe en ville.

— Oui, c'est une excellente idée. Ce sera également plus prudent pour vous.

Dès le lendemain, Francine logea Amélie chez elle. Elles devinrent toutes deux amies et agents de liaison pour Jean. Les mois passèrent, l'hiver était rude dans la région du Vercors, les ravitaillements furent plus difficiles à effectuer en raison de la neige. Faire vivre un groupe d'hommes en forêt, dans la durée et le plus souvent dans la clandestinité, était un défi permanent que les camps eurent à relever. La sécurité, la santé, l'approvisionnement, l'entraînement physique puis militaire, l'armement, les rapports avec la population, les loisirs... tout cela était un vrai challenge de chaque instant.

Ils devaient tous garder une activité physique, quelles que soient les intempéries. Jean fut blessé au cours d'un entraînement avec ses hommes. La jambe cassée, il était diminué, mais toujours prêt à combattre. Il trouva l'énergie nécessaire pour surmonter son handicap et parvint à commanditer un autre déraillement de train allemand qui devait acheminer des armes et des médicaments. L'affaire fut rondement menée. Tous restaient cependant sur leur garde, car les Allemands pouvaient à tout moment intervenir pour se venger.

Jean avait eu des nouvelles de sa mère, Blanche, partie se réfugier, car ses agissements en tant que résistante avaient été dénoncés par un voisin. Heureusement, une lettre lui était parvenue à temps et lui avait permis de joindre la zone libre.

De son côté, grâce à Jean, Amélie avait pu obtenir l'adresse des personnes qui logeaient Flore et lui écrivait régulièrement. Une photo de sa fille lui avait été envoyée par sa famille d'accueil. La voir lui fit prendre conscience que rien ne comptait plus pour elle au monde.

CHAPITRE 18

Une rencontre inattendue

ഇൻ൫

Les parents de François n'avaient plus donné signe de vie depuis fort longtemps. Les chances qu'ils soient encore en vie s'amenuisaient en même temps que la liste des victimes de la guerre s'allongeait.

Un dimanche après-midi, en se promenant au Parc, une femme aborda Henriette.

— Bonjour madame. Désolée de vous importuner, mais je viens souvent me promener ici et il me semble vous reconnaître, n'êtes-vous pas la belle-fille de Marie-Louise Avisse ?

— Tout à fait. À qui ai-je l'honneur ?

— Je suis une vieille connaissance. J'ai travaillé en tant que cuisinière avec elle au service d'une riche famille. Je vous ai aperçue avec elle, mais n'étant passeule, je n'ai pas pu l'aborder.

— Oui, je vois. Quel est votre nom ?

— Je suis madame Leblanc. Vous lui donnerez le bonjour de ma part ? Si elle vous le demande, vous pourrez lui dire que je ne suis plus gouvernante. Mes derniers employeurs sont partis se cacher dès 1940 en Suisse. Paris était devenu trop dangereux pour eux.

— Ah bon ? Ces personnes sont d'origine juive ?

— Tout à fait. Ils m'ont expliqué la situation et m'ont aidée à m'installer dans un petit logement sur Issy-les-Moulineaux où j'ai pu retrouver du travail en tant que nourrice. Les Segal resteront pour moi un joli souvenir. J'espère pouvoir les retrouver lorsque la guerre sera terminée, j'étais très attachée aux enfants.

Henriette s'arrêta de respirer lorsqu'elle entendit prononcer le nom.

Était-ce le fruit du hasard ou un message pour les prévenir que tout allait bien pour le père de François ?

— Vous êtes toute blanche, ma pauvre. Que vous arrive-t-il ?

— Pour tout vous dire, je suis surprise du nom que vous venez de formuler. Combien d'enfants avaient ces personnes ?

— C'est une grande famille composée de cinq enfants. Ils ont réussi dès le début de la guerre à fuir en zone libre. Je n'ai pas pu avoir de leurs nouvelles. C'est trop dangereux. On ne sait jamais, les Allemands pourraient faire le rapprochement avec moi et me questionner.

— Ont-ils de la famille sur Paris ?

— Oui, un frère du côté de Monsieur, mais hélas sa femme a été déportée et nul ne sait où elle se trouve ni où se cache son mari. Leur bébé venait de naître lorsque Madame a été arrêtée.

Henriette ne savait quoi dire. Elle était à la fois excitée et inquiète. Elle n'avait qu'une envie : rentrer chez elle pour informer Marie-Louise de cette nouvelle incroyable.

François, qui jouait avec Denise, s'approcha des deux femmes qui conversaient.

— J'ai faim ! bougonna-t-il.

— Va-t-on goûter bientôt ? s'exclama Denise.

— Oui, nous allons rentrer. Il va pleuvoir.

— Quels beaux enfants vous avez là ! dit madame Leblanc.

— Ce n'est pas mon frère ! s'exclama Denise, toujours prête à converser. Il s'appelle François et on le garde depuis longtemps.

— Quelle pipelette ! intervint Henriette.

Elle prit les deux enfants par la main, et salua madame Leblanc qui lui avait auparavant remis son adresse.

Henriette rentra complètement chamboulée.

— Je te trouve bien pâlichonne, ma pauvre Henriette, que t'arrive-t-il ?

— Je me suis retrouvée au jardin avec une ancienne de vos collègues. Une certaine madame Leblanc qui était cuisinière dans la dernière famille où vous exerciez, il y a quelques années.

— Oui en effet, je m'en souviens. Quel heureux hasard ! J'espère que vous avez pris son adresse afin que je lui rende visite.

— Bien sûr ! Mais une chose m'intrigue, elle me dit avoir également été gouvernante dans une famille appelée Segal. Qu'en pensez-vous ?

— C'est peut-être le hasard, il y a beaucoup de Segal en France.

— Cette famille correspond en tous points à celle de François : la mère aurait été déportée et le père a disparu. Quant au bébé, nul ne sait ce qu'il est devenu.

— Quel intérêt aurait-elle à mentir sur cette histoire ? Je pense que nous n'avons pas trop de soucià nous faire. Cette femme est d'une honnêteté sans failles. Peut-être qu'à la fin de la guerre, si nous n'avions pas de nouvelles de la famille de François, nous pourrions aller trouver les Segal chez qui elle travaillait, et voir s'ils correspondent à cette même famille. Le garçon pourrait retrouver son oncle et satante ainsi que ses cousins.

— Ne nous emballons pas. Nous devons rester vigilantes.

— Oui, attendons de voir quelle tournure prendra cette histoire.

Quelques jours s'écoulèrent. Un matin, la concierge sonna à la porte d'Henriette.

— Une lettre pour vous, madame Avisse !

Henriette, qui était seule ce matin-là, se pressa d'ouvrir son courrier dès la porte refermée. Elle avait reconnu l'écriture du père de François.

> *Chère madame,*
> *Je tenais à vous écrire pour vous donner de mes nouvelles. Je suis caché loin de Paris, comme je vous l'avais dit dans une précédente lettre et tenais à vous remercier pour tout ce que vous faites pour notre fils qui a dû bien grandir. Je n'ai toujours pas de nouvelles de mon épouse et espère son retour chaque jour.*

J'espère que vous avez pu vous mettre en contact avec le réseau et que tout se passe bien pour vous. Peut-être, avez-vous arrêté vos activités ? Le plus important est que vous ayez pu amener à bon port toutes ces familles de Paris au Mans. Ces personnes vous seront toujours redevables de tant de générosité. Nous aurons l'occasion, lors de notre retour, d'en reparler ensemble.

Soyez assurés que, dès la fin de la guerre, nous reviendrons chercher notre fils.

Bien à vous,

D. Segal

Henriette fut rassurée par ce courrier qu'elle fit lire à Marie-Louise dès qu'elle passa la porte.

CHAPITRE 19

Lilly

ℰℴℛ

— Bonne année à tous ! cria Denise.

1944 était là !

François avait un peu plus de trois ans et parlait bien pour son âge. Denise, du haut de ses 6 ans, le considérait comme son petit frère.

Elle était entrée à l'école primaire et commençait à lire.

Monique allait sur ses 16 ans. Comme l'avait suggéré sa mère, elle s'était inscrite chez Pigier pour apprendre la sténodactylographie.

Son amie Lilly était venue sur Paris afin de poursuivre ses études de droit. Elle logeait chez une de ses tantes, rue d'Assas. Le jardin du Luxembourg restait leur lieu favori pour se retrouver, se remémorer leurs souvenirs dans le Maine-et-Loire, endroit très fréquenté par les étudiants.

Leur amie Eleanor souhaitait les rejoindre le temps d'un week-end, mais la guerre n'étant pas finie, et le château toujours sous le joug des Allemands, il était préférable d'attendre un peu.

Cet après-midi-là, Lilly et Monique avaient rendez-vous à l'*Alhambra d'Issy-les-Moulineaux*. Le cinéma était la sortie favorite de Monique. En effet, tous les jeudis elle s'y rendait avec sa grand-mère ou une amie pour y découvrir un film inédit. Il n'avait pas été endommagé par les bombardements, aussi l'activité cinématographique restait pour les Parisiens de cette époque un des loisirs culturels principaux. Les fauteuils étaient recouverts de velours rouge-carmin, tout comme les rideaux de la scène, qui faisait aussi office de théâtre. Au guichet, une vendeuse accueillait le public et récupérait les tickets à l'entrée de la salle, souvent pleine, car le cinéma restait l'endroit où l'on pouvait à la fois suivre les actualités et un film. À l'entracte de Jean Mineur, une ouvreuse portant un panier en osier proposait des friandises.

La vie quotidienne des Français prenait place sur les écrans de salles obscures. Grâce aux images retransmises de par le monde, chacun pouvait suivre les événements presque au jour le jour.

Parmi le public, figuraient parfois des soldats allemands.

— Deux billets pour *Cécile est morte*, s'il vous plaît.

— Lilly, j'espère que ce film sera aussi bien que *La Main du diable* avec Pierre Fresnay et Noël Roquevert. J'ai également vu *Les Visiteurs du soir* avec Arletty et Jules Berry.

— Je ne le connais pas, mais par contre *Le Corbeau* reste un de mes meilleurs films.

— Oui, Monique, tu as raison. Il n'y a rien de tel qu'un bon film pour se changer les idées.

— Dépêchons-nous d'aller nous installer afin d'être bien placées.

— Peut-être pourrions-nous revenir demain pour voir un autre film ?

Lorsque la lumière s'éteignit, elles continuèrent à chuchoter sans se rendre compte de la gêne occasionnée.

— Enfin, mesdemoiselles ! Pourriez-vous cesser de jacasser ? Nous voudrions regarder tranquillement !

— Désolée, s'excusa Lilly.

Elles se regardèrent en étouffant un rire. Les actualités terminées, l'ouvreuse entra pour la vente des bonbons, puis le film tant attendu commença.

Lorsque la lumière reparut, tout le monde se leva et, tandis que Monique et son amie quittaient la salle, un policier fit son apparition. On demanda à chacun de garder son calme et sa place. Une personne suspecte avait été repérée en entrant dans le cinéma. Chacun se regarda, l'air surpris, et ne dit mot.

Une femme se leva, prise de panique, et se mit à courir vers la sortie. Cela semblait terminé pour elle car il n'y en avait qu'une et la police attendait certainement à l'extérieur. Tout le monde la laissa passer et l'on entendit des cris dehors. On apprit par la suite dans les journaux que cette femme était une espionne recherchée de longue date, à la tête d'un réseau de la Résistance. Rien n'était encore fini. Bien qu'un air de libération courait sur Paris, les Allemands étaient encore bien présents.

— Si, le destin fait que je deviens journaliste, je n'hésiterai pas à relater tout ce que j'ai vu durant mon enfance et mon adolescence, tempêta Monique.

— Oui, vivement que tout cela se termine et que notre pays retrouve sa liberté, confirma Lilly. En attendant, il me faut rentrer avant que le temps tourne. J'espère te revoir très vite.

Elles en avaient oublié leur projet de revoir un film le lendemain. Lorsqu'elles se quittèrent, la pluie commença à tomber. Des éclairs déchirèrent le ciel et l'orage se mit à gronder. Lilly, qui était venue à vélo, se dépêcha de rentrer chez sa tante Élisabeth qui devait l'attendre pour prendre le thé. Elle avait gardé ce rituel, ayant vécu quelques années auparavant en Angleterre avec son mari, diplomate à Londres.

Élisabeth n'aimait pas savoir Lilly seule et soupçonnait sa nièce de rencontrer de jeunes gens qui ne lui semblaient pas convenables.

Lorsque Lilly tourna le coin de la rue, elle aperçut au loin une voiture de la Kommandantur qui stationnait au pied de son immeuble. Elle ralentit et descendit de son vélo pour se cacher et s'abriter sous un porche, en attendant que le convoi reparte.

Elle tremblait légèrement et se rendit compte qu'elle était trempée de sueur. Elle entendit des portes claquer et un moteur se mettre en route. Ils étaient enfin repartis. Elle rentra immédiatement, en quête du motif de la venue de ces Allemands. Aussitôt qu'elle eut franchi la porte, la gardienne sortit de sa loge et l'interpella.

— Bonjour mademoiselle. J'espère que tout va bien chez vous. Je viens d'avoir la visite de la police allemande qui demandait après vous. Je n'en sais pas plus. Montez vite voir ce qu'il en est !

Lilly grimpa quatre à quatre les escaliers, arriva essoufflée sur le palier et tambourina à sa porte. Lorsqu'elle s'ouvrit, elle trouva sa tante en larmes.

— Que se passe-t-il ? Que te voulaient ces Allemands ?

— Comment sais-tu qu'ils sont venus ?

— Je viens juste de les voir partir.

— Eh bien, ma chère enfant. Il paraît que ta faculté regorge de jeunes gens qui font partie d'un réseau de résistance. Ils prépareraient l'assaut final sur Paris. Es-tu au courant ? Y participes-tu ? Ton nom est apparu sur une liste avec d'autres étudiants. Il faut absolument me dire la vérité ! Cela peut très mal tourner pour toi et tes camarades !

— En effet, j'ai participé à plusieurs reprises à la distribution de tracts et de journaux d'insurrection contre l'Allemagne. J'ai également été à quelques réunions.

— Es-tu consciente que tu me mets également en danger ? Nous pouvons nous faire arrêter toutes les deux !

Lilly s'écroula sur un fauteuil et éclata en sanglots.

— J'espère que tu n'as pas entrepris d'autres démarches de ce genre et que Monique n'est pas impliquée dans cette affaire ! Si c'est le cas, tu as intérêt à l'avertir !

— Non, elle n'est au courant de rien.

La sonnerie du téléphone retentit.

— Allo, Lilly ? C'est Ronan, je tenais à t'avertir que des arrestations ont eu lieu ce soir. Il faudra dorénavant nous tenir éloignés les uns des autres.

— Moi, j'arrête tout ! Trop dangereux pour mon entourage, cria Lilly dans le téléphone. J'ai eu la peur de ma vie et ne peux envisager de reprendre nos activités de propagande.

— OK ! Je passe le message aux autres.

— Bonne chance à toi, Ronan !

Quelques jours plus tard, on put lire dans les journaux que des étudiants avaient été arrêtés et emmenés pour être interrogés. Lilly ne chercha plus à entrer en contact avec le réseau. Elle poursuivit ses cours la peur au ventre, car rien ne serait fini tant que Paris ne serait pas libéré.

CHAPITRE 20

Fin de guerre imminente

℘ℭ

Les semaines passèrent, Henriette avait quitté son poste d'infirmière à l'hôpital et exerçait en tant qu'infirmière libérale sur Issy-les-Moulineaux.

C'était plus facile pour elle, car elle gérait ses rendez-vous et se trouvait plus souvent à la maison sans rentrer trop tard le soir. Marie-Louise comprit qu'Henriette avait arrêté ses missions et se consacrait uniquement à son métier et sa famille.

Dans ses courriers, Marius semblait penser que la fin de la guerre était proche. Rien ne permettait encore de le dire avec certitude, mais une lueur d'espoir commençait à poindre.

Juin 1944 arriva rapidement. Lorsqu'Henriette, Marie-Louise et Monique allumèrent la radio, comme chaque soir, elles purent entendre un message.

« Ici Radio Londres,

Les Français parlent aux Français.

Les sanglots longs des violons de l'automne blessent mon cœur d'une langueur monotone. »

Ce vers de Verlaine fut prononcé à la BBC les 1er et 5 juin 1944. Ils annonçaient l'arrivée des Alliés en France, et informaient la Résistance française qu'il fallait saboter les voies ferrées en direction de la Normandie pour les rendre inutilisables par les Allemands.

La plupart des Parisiens savaient que les alliés étaient arrivés en Normandie et progressaient. Tout semblait fini ou presque, mais ce message restait néanmoins incompréhensible pour la majorité des Français. La plupart ignoraient encore que leur pays était sur le point d'être libéré. Grâce à ses contacts dans le réseau, Henriette en avait une vague idée.

— Restons calmes, s'exclama Henriette, rien n'est encore terminé, il va falloir que les résistants se battent dans Paris pour récupérer notre belle capitale.

Dès le lendemain, elles coururent chez Jeannine pour parler de la libération prochaine de Paris.

— Ma chérie, je suis tellement heureuse de savoir que mes enfants et petits-enfants vont grandir dans un pays libre. Il faut nous armer de patience et attendre de voir quelles tournures vont prendre les événements.

— Tout à fait, mais nous pouvons dire que la libération est proche. Tout va se jouer dans les semaines à venir.

De son côté, Amélie avait poursuivi son activité au restaurant. Elle s'occupait des messages à transmettre pour Jean. Elle partit pourtant un matin en lui laissant une lettre.

> *Vassieux, 4 juin 1944*
>
> *Mon cher Jean,*
>
> *Lorsque vous lirez cette lettre, j'aurai quitté votre région.*
>
> *Après mûre réflexion, je préfère partir pendant qu'il est encore temps. Le danger est plus grand que je ne l'aurais imaginé. Mes allées et venues pourraient me mettre en danger ainsi que Francine, chez qui je loge. Elle peut à tout moment se faire prendre par les Allemands qui ne sont jamais très loin. Ils sont proches et tout me laisse à penser que nous jouons chaque jour notre vie.*
>
> *Soyez assuré que lorsque la guerre sera finie, je mettrai en lumière toutes les photos prises de votre quotidien ainsi que les déraillements que vous avez organisés. Quant à mon activité d'agent de liaison dans le décodage des messages allemands, elle restera pour moi une expérience des plus intéressantes. Francine m'a mise en contact avec une personne de confiance qui va m'aider à remonter (enfin, je l'espère) en Anjou, où je rejoindrai ma fille. Le risque est grand, mais je ne peux me résoudre à rester loin d'elle plus longtemps.*
>
> *Je vous remercie du soutien et de l'aide que vous m'avez apportés depuis mon arrivée. Je*

garderai de cette période de ma vie un souvenir des plus forts sur le plan humain.
Votre dévouée Amélie

Amélie partit donc un matin et réussit à se cacher (à l'aide de son passeur) dans une ferme à une centaine de kilomètres de Paris.

Elle devait se remettre en contact avec Henriette Avisse qui lui indiquerait où aller chercher sa fille.

Chère Henriette,
Je suis de retour du Vercors après ces quelques mois écoulés et me trouve actuellement à quelques kilomètres d'Issy-les-Moulineaux, cachée dans une ferme chez l'habitant. Je suis très pressée de retrouver ma petite Flore. Je pense rentrer dès que l'offensive sera terminée.
Amélie Warzawski

Lorsqu'Henriette reçut le courrier, elle s'assit et pleura de joie pour Amélie, saine et sauve. Elle ne pouvait lui répondre par peur des représailles ou que son courrier mette sa destinataire en danger, mais la guerre touchait à sa fin. Amélie retrouverait prochainement sa fille.

L'instinct de survie de la jeune femme l'avait sans doute sauvée. En juillet 1944, quelques semaines après son départ, un drame terrible survint dans le village même où elle résidait : le Vercors fut pris dans un piège mortel. La région se retrouva encerclée et attaquée de tous les côtés par 15 000 soldats allemands. Les villages furent bombardés, les maisons brûlées. Plusieurs communes furent entièrement détruites et de nombreux civils et résistants tués. Jean perdit la vie au cours de cette attaque, ainsi que tous ses camarades maquisards. Amélie l'apprit dans une lettre de Francine, envoyée quelques mois plus tard. Francine fut sauvée en se réfugiant dans une cave avec quelques habitants prévenus juste à temps.

Lorsqu'elle retrouva son appartement d'Issy-les-Moulineaux, Amélie écrivit le récit de tout son périple depuis l'arrestation de son mari jusqu'à sa fuite dans le Vercors. Elle se promit de publier son histoire après la guerre dans le journal pour lequel elle travaillait.

Les semaines s'écoulèrent, les frères d'Henriette et leur famille rentrèrent eux aussi à leur domicile, tous en bonne santé. Chacun attendait la fin de la guerre et que la vie reprenne son cours.

CHAPITRE 21

La libération – août 1944

ℰℐℭℛ

Après quatre années d'occupation allemande, de restrictions et de peurs, Paris entrevit mi-août 1944 le terme de son calvaire.

Galvanisée par l'annonce de l'avancée des troupes alliées, la population était en effervescence. Depuis quelques jours, l'armée allemande se repliait vers la Seine dans le plus grand désordre et ne disposait plus de la maîtrise des airs. La défaite de l'Allemagne nazie paraissait une certitude. Ce n'était qu'une question de semaines, de jours ! Mais Paris n'était pas libre pour autant.

L'état-major de la Résistance estimait que les Allemands, dénombrant encore 20 000 hommes et 40 chars, avaient encore les moyens de provoquer des destructions massives et de tenir farouchement. Il fallait donc éviter de combattre de front, tactique suicidaire au regard des forces en présence.

Le 16 août 1944, on ne dénombrait en tout et pour tout que 1 750 combattants FFI (Forces françaises intérieures), armés essentiellement de fusils et de revolvers. Dans ces conditions, mieux valait harceler l'ennemi, tenter de le paralyser en bloquant transports et transmissions radio. Une urgence : agir. Pas une heure ne devait passer sans qu'une initiative soit prise. La population parisienne, que le général allemand von Choltitz, dernier gouverneur militaire du Paris occupé, tenta d'intimider par tous les moyens, allait jouer un rôle clé.

Malgré le manque d'unité entre les réseaux de Résistance de différents bords, tous se mirent d'accord sur le principe d'un appel général à l'insurrection, qui devait venir en soutien de l'action militaire. Le colonel Henri Rol-Tanguy, chef des FFI d'Île-de-France, s'était assuré le ralliement des gendarmes et de la police. Le spectre d'une guerre civile s'éloignait. Le commandement FFI se scinda en deux pour assurer une meilleure efficacité opérationnelle. Les ordres étaient simples : attaquer partout en même temps.

Le Comité parisien de libération, qui réunissait les dirigeants de la Résistance, adopta à l'unanimité le texte de l'appel. Il fut imprimé et affiché aux murs de Paris dès l'après-midi du 18 août 1944, en même temps que le texte de la Résistance communiste. Ce jour-là, dans la continuité des mouvements des métallos, des postiers et des agents du métro, la CGT, en accord avec la CFTC, lança un appel à la grève générale, à l'exclusion de services de distribution d'eau, de gaz et d'électricité.

Toujours au même instant, cent cinquante tonnes d'armes légères tombèrent aux mains des FFI. Plusieurs centaines de combattants supplémentaires furent armés et prêts à reprendre Paris. Dans l'appel de Rol-Tanguy, ordre était donné à tous les Parisiens de rejoindre les FFI et « d'attaquer l'ennemi partout où il se trouvera ». Hommes, femmes et enfants se mirent sur le pied de guerre et entreprirent activement l'édification de barricades dans toute la ville. Conclusion solennelle et déterminée : « L'heure de la Libération a sonné. » Le général von Choltitz reçut des ordres sans nuances, dont celui du 22 août en particulier. « Paris est à transformer en un monceau de ruines. Le général doit défendre la ville jusqu'au dernier homme et périra s'il le faut sous les décombres. » Pourquoi alors, la capitale fut-elle épargnée ?

L'explication résidait d'abord en Dietrich von Choltitz lui-même, qui n'appliqua pas les ordres de son führer. Non qu'il fût vraiment porté sur la mansuétude, mais il ne voyait pas la logique d'une telle destruction. La bataille de Normandie était perdue, il le savait. Les troupes allemandes se repliaient et les maigres contingents stationnés dans Paris évacuaient la ville peu à peu. Ravager la capitale aurait été d'abord coûteux en vies humaines – y compris allemandes –, inutile d'un point de vue militaire et enfin, gênant pour la circulation des soldats du Reich se repliant.

Après huit jours d'insurrection, le 25 août 1944, les chars du général Leclerc entrèrent dans la capitale. Les Allemands furent pris à leur propre piège et se rendirent.

Le général de Gaulle parvint à l'Hôtel de Ville et déclara « Paris ! Paris outragé, Paris brisé, Paris martyrisé. Mais Paris libéré ! »

— Ils arrivent ! cria Monique à sa mère en hurlant du bas de l'immeuble.

Henriette se pencha à la fenêtre qui donnait sur la rue.

— De qui parles-tu ?

— Les Américains, voyons ! Les barricades sont en train d'être détruites. Il faut aller sur les Champs-Élysées !

— Calme-toi, mon petit, et ne te risque pas à y aller, cela pourrait être dangereux, on ne sait jamais.

— Ne t'inquiète pas, Grand-mère. Je vais juste prévenir Jeannine et Pierre de la nouvelle.

Lorsqu'ils la virent arriver, le couple était sur le point de partir pour assister au défilé. Ils lui conseillèrent de rester avec eux. Ils pensaient cela plus raisonnable, au vu du mouvement de foule qui s'annonçait.

Monique n'en fit qu'à sa tête, comme à l'accoutumée et avait déjà pris rendez-vous avec d'autres camarades en plein Paris. Des milliers de personnes étaient sorties acclamer le Général victorieux. Des avions dans le ciel filmaient la scène afin d'immortaliser ce moment de grâce.

Des jeeps arrivaient de partout avec des Américains brandissant le drapeau français. Des femmes étaient invitées à grimper sur les véhicules. Des enfants, assis sur les épaules de leur père, regardaient avec admiration et étonnement toute cette agitation qui ressemblait à une énorme fête où chacun était son propre héros. Des GI faisaient danser les femmes, d'autres distribuaient des barres chocolatées et du chewing-gum à la foule en liesse.

Monique rejoignit ses amis. Lilly avait participé activement aux derniers combats. Tous descendirent dans la rue, des gens s'embrassaient et dansaient. Un cortège immense venu célébrer la libération de Paris souriait et pleurait de bonheur. « Ooh-la-la-girls » restait une des expressions les plus entendues. Les GI's sifflaient les « girls » comme ils les appelaient. Leurs pères leur avaient parlé de ces Françaises, faciles et infidèles. Ces « petites dames de Pigalle » étaient devenues un stéréotype outre-Atlantique. Eux étaient beaux, joyeux et bronzés. Les jeunes filles semblaient subjuguées par ces sauveurs et se laissaient séduire par leur accent. La saveur du chewing-gum, les bulles du coca-cola, et la douceur des bas nylon restèrent un des premiers souvenirs de cette libération pour grand nombre de femmes.

Tout n'était pourtant pas terminé ! D'un coup, des tirs d'artillerie se firent entendre, un mouvement de panique envahit la foule qui se coucha sur le sol pour se protéger des balles. Les combats continuaient contre les Allemands, obéissants aux ordres de ne rien lâcher jusqu'à la mort. Ils se battraient jusqu'au bout. En effet, des collabos tiraient sur les résistants et les fêtards.

— Dépêchons-nous de nous mettre à l'abri avec les enfants ! Pourvu que Monique soit en sécurité, elle aussi !!

Pris de panique, Jeannine et Pierre purent se protéger sous le porche d'un immeuble. Après un long moment d'attente angoissée, le défilé reprit et ils rentrèrent chez eux.

De leur côté, Monique et ses amis remontèrent à pied jusqu'à la station Convention où ils purent récupérer le métro et ainsi retrouver leurs proches respectifs chez eux.

Henriette était morte d'inquiétude à l'idée de savoir Monique seule à Paris. Elle se doutait bien qu'elle ne s'était pas contentée de rester chez Jeannine. Avec toute la population en état de jubilation, tout pouvait arriver ! Elle avait été au-devant de sa fille à la sortie du métro. Lorsqu'elle l'aperçut au loin, elle lui fit signe de se dépêcher. Elle voulait la serrer fort, l'embrasser, sentir sa peau, son odeur. Sa fille était saine et sauve, dans ses bras.

— C'était formidable, maman !! Quel jour mémorable !!

— Je t'avais pourtant interdit de t'y rendre ! L'important est que tu ailles bien, mais j'étais morte d'inquiétude. Écoute, les FFI ont pris la mairie en main et s'occupent de bloquer la rue qui mène au fort. Des barricades sont installées et toute la ville est descendue pour empêcher les Allemands de sortir. Ne restons pas là, il est préférable de rentrer, car ta grand-mère est seule avec Denise et François. Elle aussi a eu très peur pour toi ! Comment vont Jeannine et Pierre ?

— Je les ai perdus, mais je suis sûre qu'ils vont bien. Rentrons pour ne pas inquiéter Grand-mère.

Après une nuit de bataille, les Allemands encore en vie finirent par se rendre. Le 26 août, les cloches sonnèrent dans toute la France, un homme monta sur le toit de l'église Saint-Étienne et y déposa un drapeau français. Ce jour-là, des centaines de drapeaux tricolores se dressaient aux mains des Français.

Les événements s'enchaînèrent rapidement et la France fut totalement libérée à l'automne 1944.

Un samedi matin, en allant faire le marché, Monique reconnut Odette, la fille du boulanger. Très jolie, elle avait eu une histoire avec un jeune soldat allemand venu se cacher chez ses parents après avoir déserté sa compagnie par conviction. Il avait refusé d'obéir aux ordres qu'ils trouvaient injustes et risquait l'exécution. Cet Allemand, qui avait réussi à quitter la France, revint peu de temps après l'armistice et la demanda en mariage.

La libération en elle-même fut très complexe partout en France, les règlements de compte commencèrent à tomber et beaucoup de Français furent tués, lynchés en public, jugés sans procès.

Des femmes accusées, à tort ou à raison, de collaboration avec l'occupant allemand (20 000 à40 000) furent tondues entre le milieu de l'année 1944 et la fin de 1945. On les appelait les « Poules à boches ». Cela fait partie de ce que l'histoire qualifiera d'épuration post-Libération. Au centre des villages, on allait chercher les « collaboratrices horizontales » jusque chez elles, on les regroupait de force. On les mettait à genoux, en signe d'expiation. Les villageois se réunissaient, formaient un cercle autour d'elles. Une fois leur crâne nu, lorsqu'on se contentait d'ôter les cheveux, on y peignait une croix gammée. Il y avait beaucoup d'hommes, fusil et sourire brandis. Ces femmes, elles, traînaient la honte d'avoir aimé, d'avoir eu peur parfois, d'avoir cédé. Une horreur qui succéda à une autre. Après leur humiliation statique, on obligeait souvent ces femmes à défiler dans les rues, pour que chacun puisse bien les voir. Certaines ne survécurent pas à l'humiliation. Elles avaient vu leur pays libéré pour mettre fin à leurs jours ensuite, submergées par le poids de leurs fautes présumées. Certaines femmes approuvaient ces pratiques.

« Elles avaient tout ce qu'elles voulaient sur leur table pendant que nous, on crevait de faim. Elles étaient bien tranquilles, au chaud, pendant que nos maris risquaient leur vie pour notre liberté. »

Avec la liberté retrouvée, l'autorité non encore rétablie, chacun pouvait laisser libre cours à ses pulsions. Les règlements de compte allaient bon train. Beaucoup d'hommes et de femmes furent tués sans procès. Plus tard, la nomination d'un préfet et des consignes précises données aux policiers français revenus du front rétablirent l'ordre petit à petit.

CHAPITRE 22

Le retour de Marius

୫୬୦୯ଓ

Une foule attendait à la gare de l'Est cette fin d'après-midi de dimanche d'octobre 1945.

On entendit le train siffler pour prévenir de son arrivée et aperçut au loin de la fumée.

Il ramenait les prisonniers d'Allemagne. Henriette tenait un mouchoir à la main et tremblait de tout son corps, son cœur battait la chamade. Elle attendait Marius qui lui avait écrit quelques jours auparavant pour lui faire part de son retour prochain.

Elle était arrivée avec quelques heures d'avance… Peut-être, le train pourrait être là plus tôt que prévu ! La nuit avait été longue et tout son être réclamait l'homme qu'elle aimait depuis le premier jour où leurs regards s'étaient croisés. L'attente n'en finissait pas, les secondes semblaient des minutes, les minutes paraissaient des heures lorsqu'enfin, la locomotive apparut.

Des centaines de personnes attendaient debout sur le quai. Le train freina et les portières des wagons s'ouvrirent. Une foule de voyageurs en descendit. Tous les regards se tournèrent vers ceux revenus d'Allemagne, prisonniers de guerre, partis depuis presque cinq ans. Les gens hélaient par des prénoms les passagers qui avançaient doucement, la tête levée à la recherche d'un visage connu, le regard anxieux. D'autres s'évanouissaient tant le bonheur de retrouver ceux qu'ils pensaient perdus à jamais était grand. Des enfants criaient « Papa ! » en se jetant dans les bras de celui qu'ils découvraient parfois pour la première fois.

Henriette fouillait la foule, désespérant d'apercevoir Marius. Le quai se vidait peu à peu. La cohue se faisait moins bruyante. Les femmes repartaient au bras de leurs maris qui portaient les petits. Les passagers se dispersaient, et Henriette restait seule sur le quai. Personne ne vint à sa rencontre.

Ses yeux s'emplirent de larmes. Tout son corps tremblait. Elle allait s'effondrer lorsqu'elle entendit son prénom, de l'autre côté du quai. Un second train était arrivé à quelques minutes d'intervalle.

Elle se retourna et aperçut au loin Marius qui lui faisait signe les bras levés. Il traversa le quai pour la rejoindre. À quelques mètres d'elle, il se mit à courir et se jeta dans ses bras en serrant Henriette de toutes ses forces. Ils étaient seuls au monde, s'embrassèrent et pleurèrent de bonheur en se promettant de n'être plus jamais séparés.

— Quel bonheur de se retrouver ! Tant de semaines à attendre une lettre ! C'est si bon de pouvoir te toucher, te regarder ! pleurait Henriette. Leurs regards en disaient long sur leur joie de se revoir. Il n'était d'instants plus merveilleux que celui-ci. L'un comme l'autre avait l'impression de se redécouvrir. Ils restèrent longtemps, enlacés, les yeux de Marius se perdant dans ceux d'Henriette. Les passants les regardaient avec envie et compassion.

Après de longues minutes, ils se résignèrent à s'éloigner un peu. Leurs doigts s'entrecroisèrent et, main dans la main, ils sortirent de la gare, Henriette, la tête posée sur l'épaule de Marius. Ils hélèrent un taxi qui les emmena vers un petit hôtel qu'Henriette avait réservé afin qu'ils puissent se retrouver. Elle avait économisé pour s'offrir cette nuit qu'elle avait tant attendue. Marius comprit aussitôt. Il était aussi impatient qu'elle de pouvoir passer une nuit entière, seul avec sa femme. Demain, il retrouverait ses filles et sa mère. Le plus dur, enfin, était derrière lui.

Cette nuit-là, le temps semblait s'être arrêté...

Leur bonheur restait encore à construire après toutes les épreuves qu'ils avaient surmontées.

CHAPITRE 23

Le grand retour

ॐ

La vie reprit son cours et Marie-Louise décida d'emménager dans un studio qui s'était libéré dans l'immeuble. Elle souhaitait laisser plus d'intimité au couple qui avait besoin de se retrouver, se reconstruire, chacun ayant pris des habitudes que l'autre ignorait. Il n'était plus question de vivre les uns sur les autres, à l'exception des repas qui se prenaient toujours en famille.

Quelques mois s'écoulèrent et un dimanche, à l'heure du déjeuner, on sonna à la porte. Denise ouvrit et se retrouva face à deux inconnus.

Elle alla chercher sa mère qui découvrit un couple d'une trentaine d'années sur le pas de sa porte.

— Bonjour, vous devez être Henriette Avisse ?

— Oui en effet, que me vaut l'honneur de votre visite ?

— Nous sommes David et Rachel Segal, les parents de François.

Henriette mit quelques secondes à comprendre et dans un éclat de rire, le petit garçon apparut derrière Henriette. Il était descendu de table et, curieux, venait voir qui avait sonné.

Rachel reconnut immédiatement son fils qui recula aussitôt qu'il la vit s'avancer. L'enfant se jeta dans les bras d'Henriette.

Sa mère ne dit rien, laissant seules les larmes qui coulaient le long de son visage exprimer l'immense douleur que d'être une étrangère pour son enfant. Elle se mit à trembler et demanda à s'asseoir. Angoisse et joie se disputaient le devant de la scène de sa conscience.

Marie-Louise ouvrit les fenêtres afin de rafraîchir la pièce.

David Segal était ému aux larmes. Il ne put s'empêcher de passer la main dans les cheveux de son fils. L'enfant ne comprenait pas qui étaient ces gens et se blottit de plus belle contre sa maman de cœur. Marius leur proposa de prendre le dessert et le café avec eux. Cela laisserait le temps à François de s'acclimater à ces nouveaux visages. On lui avait expliqué depuis qu'il était en âge de parler que ses parents étaient loin, mais qu'ils l'aimaient et qu'ils viendraient un jour le chercher.

David et Rachel se sentirent accueillis comme des amis connus depuis toujours.

— Vous rencontrer nous rend tellement heureux ! Nous attendions ce jour depuis longtemps. Ne soyez pas gênés, prenez place et mettez-vous à l'aise. Nous pouvons maintenant mettre un visage sur les parents de François, s'exclama Henriette pour détendre l'ambiance gênée.

— Monique, apporte de la limonade et deux assiettes supplémentaires, demanda Marius.

— Je suis heureuse de vous revoir en sachant qui vous êtes, monsieur, souligna Marie-Louise qui se rappelait sa rencontre furtive avec David dans une ruelle.

Le rouge lui monta aux joues, il baissa les yeux et tous éclatèrent de rire en voyant Marie-Louise faire un clin d'œil à Henriette.

Henriette expliqua qu'elle avait rencontré au parc une ancienne connaissance de Marie-Louise, Madame Leblanc qui, sans rien savoir de François, avait échangé sur sa famille. David et Rachel acquiescèrent. Il s'agissait bien de l'ancienne nourrice de leurs neveux.

Rachel Segal ne quittait pas son fils des yeux. Comme si elle le voyait pour la première fois, elle le redécouvrait. Elle avait été arrachée à un nourrisson et retrouvait un petit garçon de presque 4 ans. François sentait bien qu'il était le centre de l'attention et n'osait pas les approcher. Il restait tout contre Henriette, de peur d'être emmené. Car il avait compris ce qu'il se passait.

David leva les yeux un instant pour remercier toute la famille de s'être si bien occupée de son fils. Il peinait à trouver les mots exacts pour exprimer toute sa gratitude envers ces deux femmes. Si Henriette et Marie-Louise savaient que ce jour arriverait, elles savaient aussi qu'il était impossible de se préparer à quitter celui que l'on avait élevé presque quatre ans sans être déchirées.

Elles comprirent pourtant que le départ de François était imminent. Petit à petit, l'enfant se rapprochait de ses parents. Il avait les yeux de sa mère. La même lueur d'espièglerie y brillait. Elle ne donna aucune information quant à son internement et on ne lui posa aucune question. Ce n'était ni le lieu ni le moment. Rachel expliqua cependant avoir rencontré des gens formidables qui l'avaient aidée à surmonter cette guerre, l'éloignement, l'absence de son fils et celle de son mari. Elle semblait très amaigrie. David, lui, posait sans cesse un regard tendre et affectueux sur sa femme. Il semblait heureux de voir sa famille à nouveau réunie.

Le couple décida de ne pas emmener immédiatement leur fils. Ils ne voulaient pas lui infliger le choc terrible de la séparation qu'ils avaient eux-mêmes subi près de quatre ans plus tôt. Avec l'accord d'Henriette, ils passèrent la journée du lendemain avec lui au parc. Ils lui expliquèrent qu'ils étaient ses parents, venus le chercher. Ils arguèrent n'avoir pu le garder à cause de la guerre. L'enfant souriait. Il avait la confirmation de ce qu'il pressentait jusqu'alors. L'instant suivant, il se jeta dans les bras de sa mère en criant « Maman ! ». La mère pleurait, le père n'avait plus de mots.

Quelques jours suffirent à François pour avoir entièrement confiance. Il se sépara progressivement de sa famille d'accueil qui lui avait donné tout l'amour et les soins nécessaires. Il n'avait manqué de rien et leur restait très attaché. Les Segal gardèrent contact avec la famille Avisse.

Les deux femmes leur rendirent la bourse contenant les bijoux auxquels elles n'avaient pas touché. Rachel l'ouvrit et tendit à Henriette une broche en rubis sertie de diamants.

— Je ne peux accepter, madame. Tout ce que nous avons fait pour François, nous l'aurions fait pour notre enfant. Le plus important est que vous soyez revenus. C'est ce qui pouvait lui arriver de mieux. Nous vous attendions, répondit Henriette en refermant la main tendue avec la broche.

Rachel Segal n'insista pas, rangea le bijou et se détourna.

Denise et Monique pleurèrent longtemps, mais leur petit frère de cœur serait toujours le bienvenu chez eux.

Les Segal donnèrent de leurs nouvelles pendant quelques années, puis un jour la famille Avisse n'en reçut plus. La vie est telle que parfois, les chemins se croisent, se lient, puis s'éloignent sans que l'on n'y puisse rien.

CHAPITRE 24

La célébration du mariage

୫୦୯ଓ

Issy-les-Moulineaux, avril 1961

Par un bel après-midi d'avril, les cloches de l'église Saint-Étienne sonnaient à tout va.

Un homme d'âge mûr, grand, élancé, le regard bleu acier tenait à son bras une belle jeune femme à l'entrée de l'église. On sonna la marche nuptiale de Mendelssohn. Marius venait d'entrer, sa plus jeune fille Denise à son bras.

Elle était devenue une belle femme, brune, drapée d'une robe blanche descendant à mi-genoux, avec un col châle en dentelle. Un voile court enveloppait son visage et recouvrait ses épaules. Splendide dans sa robe de mariée, elle tenait un bouquet de roses blanches.

Tous les invités étaient installés. Un jeune homme attendait devant l'autel, il n'avait d'yeux que pour elle et se prénommait Michel. Denise l'avait rencontré deux ans auparavant en suivant des cours de théâtre. Il vivait avec ses parents, rue d'Alembert.

Il vivait là depuis toujours. Henriette avait effectué des piqûres chez sa mère sans imaginer qu'un jour leurs enfants se plairaient.

Ils s'étaient souvent croisés sur le seuil de l'immeuble mais c'étaient sur les planches qu'ils s'étaient découvert une passion commune, un intérêt commun, avant qu'il ne soit réciproque. Michel demanda la main de Denise à Marius un dimanche matin. Les fiançailles avaient donc eu lieu six mois avant le mariage.

Jeannine et Pierre étaient présents avec leurs jumeaux, devenus de beaux jeunes hommes de 18 ans. Une sœur, Catherine, avait vu le jour sept ans après eux. Elle était aussi blonde que sa mère alors que ses frères étaient le portrait craché de leur père. Pour l'occasion, Catherine était vêtue d'une robe lilas. Elle tenait dans ses mains gantées de blancun bouquet de pâquerettes.

Oncle Louis et Tante Suzanne avaient également marié leurs filles. Maurice, Macha et leur fils Dimitri, au bras de sa femme, allaient devenir à leur tour grands-parents.

Marie-Louise, du haut de ses 86 ans, était la doyenne de la famille et arborait avec fierté un chapeau à voilette. Elle se tenait droite, campée sur sa canne qui lui donnait une constance. Elle rayonnait. Son rêve le plus cher se réalisait : assister au mariage de sa dernière petite fille.

Flore vint embrasser la mariée et lui présenta son fiancé.

Amélie était veuve, son mari n'était jamais rentré des camps. Au retour de la guerre, et après avoir récupéré Flore, elle avait été embauchée comme journaliste-reporteur pour France-Soir. Aujourd'hui, appareil en main, elle s'était portée volontaire pour être la photographe officielle de la noce.

Les mariés sortirent de l'église, acclamés par leur famille et leurs amis venus les féliciter. Denise jeta son bouquet de fleurs que Flore attrapa. Toute l'assemblée était hilare.

Les larmes ne cessaient de couler sur les joues d'Henriette qui n'en revenaient pas que sa petite Denise se marie. Monique était aux anges, elle qui n'était pas encore mariée. Elle avait invité Eleanor et Lilly, ses amies déjà devenues mamans.

Marius et Henriette avaient réussi à surmonter les épreuves de leur couple. Ils étaient là, main dans la main, triomphants, heureux de voir tant de joie autour d'eux. Que de chemins parcourus et d'histoires vécues à raconter à leurs petits-enfants ! Michel possédait également une belle et grande famille qui venait se fondre à merveille avec les Avisse. Au sortir de l'église, cousins, cousines et amis de longue date formaient le cortège des mariés à pied. Tous se dirigèrent au restaurant, rue du Général-Leclerc. Une grande tablée les attendait pour célébrer le plus heureux des mariages.

CHAPITRE 25

Paris, 2000

ഇ൦ര

Un taxi s'arrêta dans le 16ᵉ arrondissement.

Une femme, d'une soixantaine d'années, grande,

brune, vêtue d'un manteau rouge et d'un sac en vernis noir en descendit. Elle avait pris la précaution de noter l'adresse du rendez-vous et se retrouva devant un immeuble haussmannien au 6 rue Victor-Hugo. Elle sonna à l'interphone et entendit une voix féminine lui indiquant de monter au deuxième étage.

Lorsqu'elle referma la grille de l'ascenseur, son cœur battait la chamade, elle se demandait pourquoi elle avait accepté cette invitation. Peut-être cela pourrait-il l'aider à mieux se faire connaître dans le milieu littéraire ? Quelques jours plus tôt, elle avait reçu un courrier lui demandant de la rencontrer pour parler du roman qu'elle venait de publier et pensait qu'un journaliste voulait l'interviewer sur son autobiographie.

Parvenue à l'étage, elle avait atteint un immense palier doté d'une porte magnifique à travers laquelle on percevait de la musique classique. Un escalier recouvert d'un tapis en velours rouge venait accentuer ce style haussmannien.

Lorsque la porte s'ouvrit, une jeune femme apparut et la pria d'entrer dans l'appartement d'où s'échappait une odeur de jasmin. Elle l'invita à s'installer dans un salon et lui demanda de patienter quelques instants.

J'espère que ce n'est pas une plaisanterie et que jene perds pas mon temps ici.

Une voix masculine s'approchait du salon et un homme âgé apparut.

— Bonjour, chère madame. Désolé de vous avoir fait attendre. J'avais un appel important à donner avant votre arrivée. Peut-être pensiez-vous que le rendez-vous d'aujourd'hui était pour une interview sur votre roman.

— Ah, ce n'est pas pour parler de mon livre ?

— Non, je vais sûrement vous décevoir. Je ne suis absolument pas journaliste. Mon nom est François Segal.

L'homme marqua une pause.

— Mes parents m'ont beaucoup parlé de vous et de l'histoire de cette terrible période. Je suis très heureux de vous rencontrer. Mon père et ma famille sont touchés par la publication de votre livre. C'est un immense hommage que vous rendez à votre mère et votre grand-mère. Nous avons hésité à vous contacter. Presque cinquante années se sont écoulées...

Nouvelle pause. Elle ne dit rien, sous le choc des révélations qui lui étaient faites.

— Mes premiers souvenirs d'enfance sont intacts. Il est vrai que les premières années marquent souvent un être humain. Surtout, lorsque l'on commence son existence sans ses parents. Mais l'amour d'Henriette et de Marie-Louise me restera à jamais.

— Je suis très émue de vous retrouver. Les bras m'en tombent. Je ne m'attendais pas à vous rencontrer. J'étais à mille lieues d'imaginer cela. Je pense que ma mère et ma grand-mère auraient été fières de savoir qu'autant d'années après, François Segal se rappelle à leur bon souvenir. Si j'ai fait ce livre, c'est pour toutes ces femmes qui ont aidé de près ou de loin des personnes à se cacher, passer en zone libre ou ont participé à des actes de résistance au prix de leur vie et de celle de leur famille. Ma mère est décédée en 1970 des suites d'une longue maladie, quant à ma grand-mère, elle s'est éteinte doucement en 1962. Elles ne parlaient pas trop de cette partie de leur vie. Cela a été difficile pour elles qui ont dû faire de gros sacrifices afin d'avoir toujours à manger pour nous. Je n'ai pas souffert de cette guerre durant mon enfance. J'avais 7 ans à la libération de Paris. Mais, je suis très heureuse de vous savoir en bonne santé. J'ai moi aussi beaucoup de souvenirs de vous.

— Si je vous ai fait venir, c'est pour vous informer que, chaque année, des Français sont distingués officiellement par l'État d'Israël comme étant des « Justes pour la nation », afin de reconnaître leur courage et leur humanité. À ce jour, plus de quatre mille Français ont ainsi été honorés. J'en ai fait la demande pour mes nourrices.

Il marqua une nouvelle pause, puis précisa sa pensée. Denise semblait ne pas comprendre.

— Eh bien, nous allons honorer prochainement de la médaille du « Juste » mesdames Henriette et Marie-Louise Avisse à titre posthume. C'est un geste que je tenais absolument à accomplir. Sans elles, je ne sais pas si je serais encore en vie. Il est très important de transmettre aux générations futures ces histoires de vies qui reflètent celle des femmes à cette époque. La cérémonie aura lieu exceptionnellement début janvier à l'hôtel Lutétia de Paris. Cela peut paraître étrange en raison des événements qui s'y sont déroulés pendant la guerre. Mais c'est une sorte de réparation, ce lieu qui a vécu tant de mal doit vivre d'heureux événements aujourd'hui. Ce que votre mère a fait pendant la guerre est extraordinaire. Que de vies sauvées grâce à elle ! Grâce à tant d'autres qui resteront dans l'anonymat. Nous ne serons jamais assez reconnaissants envers votre famille.

Denise était émue de tout cet hommage et demanda à François ce qu'étaient devenus ses parents.

— Que de souvenirs qui remontent à la surface ! Je vous revois partir, quelques jours après l'arrivée de vos parents. Je n'étais qu'une petite fille, mais cet instant est resté gravé à tout jamais dans ma mémoire d'enfant. J'avais le cœur déchiré. Nous vous avons écrit de nombreuses fois, avons interrogé vos voisins afin de savoir où vous étiez partis. Ils ne savaient pas eux-mêmes.

— En effet, mes parents ont quitté le pays subitement. Un membre de la famille est décédé. Nous ne devions rester que quelques semaines pour aider. Nous nous sommes finalement établis à Varsovie pendant plusieurs années. Nous sommes rentrés en France afin que je fasse mes études secondaires. Mes parents se sont ensuite tournés vers l'hôtellerie et ont repris la direction de l'hôtel Lutétia.

— Cet hôtel est géré par vos parents ?!

— Mon père est toujours là. Il va bientôt sur ses cent ans. Il vit tout près d'ici, je vais le voir chaque jour. Au sortir de la guerre, il a continué à travailler comme haut fonctionnaire à l'ambassade de France, puis à l'ONU. Ma mère, quant à elle, est revenue perturbée de Ravensbrück. Elle n'a pas repris son poste d'enseignante universitaire à La Sorbonne. Elle s'est occupée de moi, aussi. Nous avions du temps à rattraper. Puis la vie a repris son cours. Mes parents n'ont pas eu d'autre enfant. Maman s'est reconvertie dans l'art, elle tenait une galerie de peintures. C'est suite à un héritage familial qu'elle a décidé de racheter le Lutétia et d'en prendre la direction. Mon père s'est associé à elle.

— Le Lutétia appartient à votre famille ?

— Bien évidemment, il y a de nombreuses années qu'ils n'exercent plus. Ma mère est décédée d'un accident de voiture dont mon père a réchappé.

— Je suis désolée de l'apprendre.

— Quant à moi, passionné par les sciences, j'ai pu intégrer l'école Polytechnique. Je me suis marié en 1970, j'ai deux enfants et six petits-enfants.

Une femme entra et déposa sur la table du salon du café et des viennoiseries.

— Je vous présente une de mes filles qui travaille comme journaliste à « Paris Match ». C'est elle qui va faire un article sur votre livre. Nous voulions prendre une photo avec vous, si vous n'y voyez pas d'inconvénient. Mais, donnez-moi des nouvelles de votre sœur Monique. C'est elle qui m'a appris à marcher. J'ai entendu toute mon enfance ma mère me le rappeler. C'est une des premières choses qu'elle a dites à mes parents lorsqu'ils sont revenus me chercher. Ma mère a beaucoup souffert d'avoir raté tant de mes premières fois.

— Monique va bien. Elle a 72 ans et n'a rien oublié de tous ces événements. Elle sera ravie de pouvoir vous revoir. Cela fait si longtemps ! Pardonnez-moi, les mots me manquent. Je suis flattée de tant de reconnaissance pour ma famille !

Ils passèrent ainsi un long moment à échanger leurs souvenirs et se promirent de se revoir très vite.

— Je vous tiendrai informée du jour et de l'heure de la commémoration.

Lorsque Denise repartit, elle n'avait qu'une hâte, téléphoner à sa sœur Monique pour lui parler de François.

— Allo, Monique ? Tu ne devineras jamais d'où je sors ! J'espère que tu es assise. Prête à replonger soixante ans en arrière ?

— Eh bien, dépêche-toi de raconter, au lieu de me faire languir !

ÉPILOGUE

Hôtel Lutétia, mai 2001

ℰᴄℜ

— Mesdames et messieurs, si nous sommes réunis aujourd'hui, 14 mai 2001, c'est pour rendre hommage à deux femmes d'exception qui ont sans doute changé sans le savoir le cours de mon existence. Sans elles, je ne serais peut-être plus de ce monde. Lorsqu'en décembre 1941, un soir d'hiver, une femme du nom d'Henriette Avisse m'a trouvé sur les marches de l'église, elle ignorait qu'elle venait d'accomplir un geste d'amour. Élevé pendant presque quatre années par les siens, j'ai trouvé une famille de cœur. Ils m'ont adopté comme un des leurs. J'ai appris récemment qu'Henriette avait aidé de nombreuses familles juives à se cacher et combien les risques encourus étaient immenses pour elle et ses proches.
Un silence s'installa alors que François déglutissait tant l'émotion était grande. Il reprit.

—Mon père qui m'a confié à cette église aurait lui aussi pu être arrêté, puis déporté. Mais le destin en a voulu autrement. C'est pourquoi, aujourd'hui, nous avons la chance de l'avoir parmi nous. Papa, voulez-vous nous faire le plaisir de remettre cette médaille à mesdames Monique et Denise Avisse ?

Un homme très âgé, assis dans un fauteuil roulant, fut conduit par sa petite-fille journaliste devant l'assemblée. Ses yeux rieurs en disaient long sur la joie qu'il ressentait. De sa main tremblante, il s'approcha des deux sœurs et, aidé par sa petite-fille, remit une médaille posée sur un coussin de velours rouge aux deux sœurs Avisse. Les yeux embués de larmes, elles le remercièrent et l'embrassèrent, ainsi que François. Toute l'assemblée applaudit.

Flore était présente. Elle avait répondu à l'invitation de Denise et tenait à être là pour l'hommage rendu à titre posthume à celle qui l'avait sauvée, elle aussi ainsi que sa mère. Sans l'aide d'Henriette, elle n'osait imaginer quel aurait pu être son destin. Comme sa mère le fut avant elle, Flore était photographe et couvrait de nombreux événements pour un journal.

Des coupes de champagne furent apportées et tout le monde leva son verre en mémoire de ces disparues qui resteraient à tout jamais des femmes d'honneur.

Au même instant, deux colombes s'introduisirent dans le salon parisien, elles planèrent au-dessus de l'assemblée et repartirent comme elles étaient venues par une des fenêtres restées ouvertes.

Peut-être était-ce le signe du destin qui pouvait ressembler aux remerciements de ces deux femmes disparues.

REMERCIEMENTS

Ce livre n'aurait jamais existé sans ma tante, Monique, âgée aujourd'hui de 94 ans. Elle est la mémoire de notre famille. Ses souvenirs sont si présents en elle qu'ils ne pouvaient être qu'une source d'inspiration pour mon roman, une histoire de famille sous l'Occupation.

Merci à ma maman, Denise, qui a été ma première lectrice et qui a versé des larmes de joie à la fin du récit. Elle a su faire revivre pour moi la rue de son enfance adorée.

À ma tante Jeanine, disparue aujourd'hui, qui aimait tant lire et qui aurait été heureuse de voir qu'elle est devenue elle aussi un personnage de roman.

Ce premier roman m'a permis de m'ouvrir à l'écriture. Le travail accompli aurait pu continuer encore longtemps, mais l'aventure ne fait quecommencer.

Qu'en avez-vous pensé ?

Vous souhaitez partager votre avis sur ce livre ? Les futurs lecteurs vous en seront reconnaissants, et je serais heureux/se de vous lire à mon tour.

Cela ne vous prendra que quelques minutes pour laisser votre commentaire sur Amazon.

Votre avis compte !

Qu'avez-vous pensé de ce livre?
Combien d'étoiles lui donneriez-vous?

1. Connectez-vous à votre compte Amazon

2. Cliquez sur «Commandes» en haut à droite

3. Sélectionnez le titre de ce livre

4. Cliquez sur le bouton

Ecrire un commentaire sur le produit

Merci beaucoup pour votre soutien!

www.ingramcontent.com/pod-product-compliance
Lightning Source LLC
LaVergne TN
LVHW091707190726
843493LV00001B/194